藍の糸

着物始末暦㈡

中島 要

時代小説文庫

角川春樹事務所

目次

着物始末暦 舞台地図

浅草
大川（隅田川）
両国橋
昌平橋
神田川
筋違御門
和泉橋
新シ橋
柳原通
浅草御門
岩本町
一膳飯屋『だるまや』
白壁町
余一の住まい
大伝馬町
紙問屋『桐屋』
一石橋
江戸橋
日本橋
日本橋通町
呉服太物問屋『大隅屋』
呉服橋

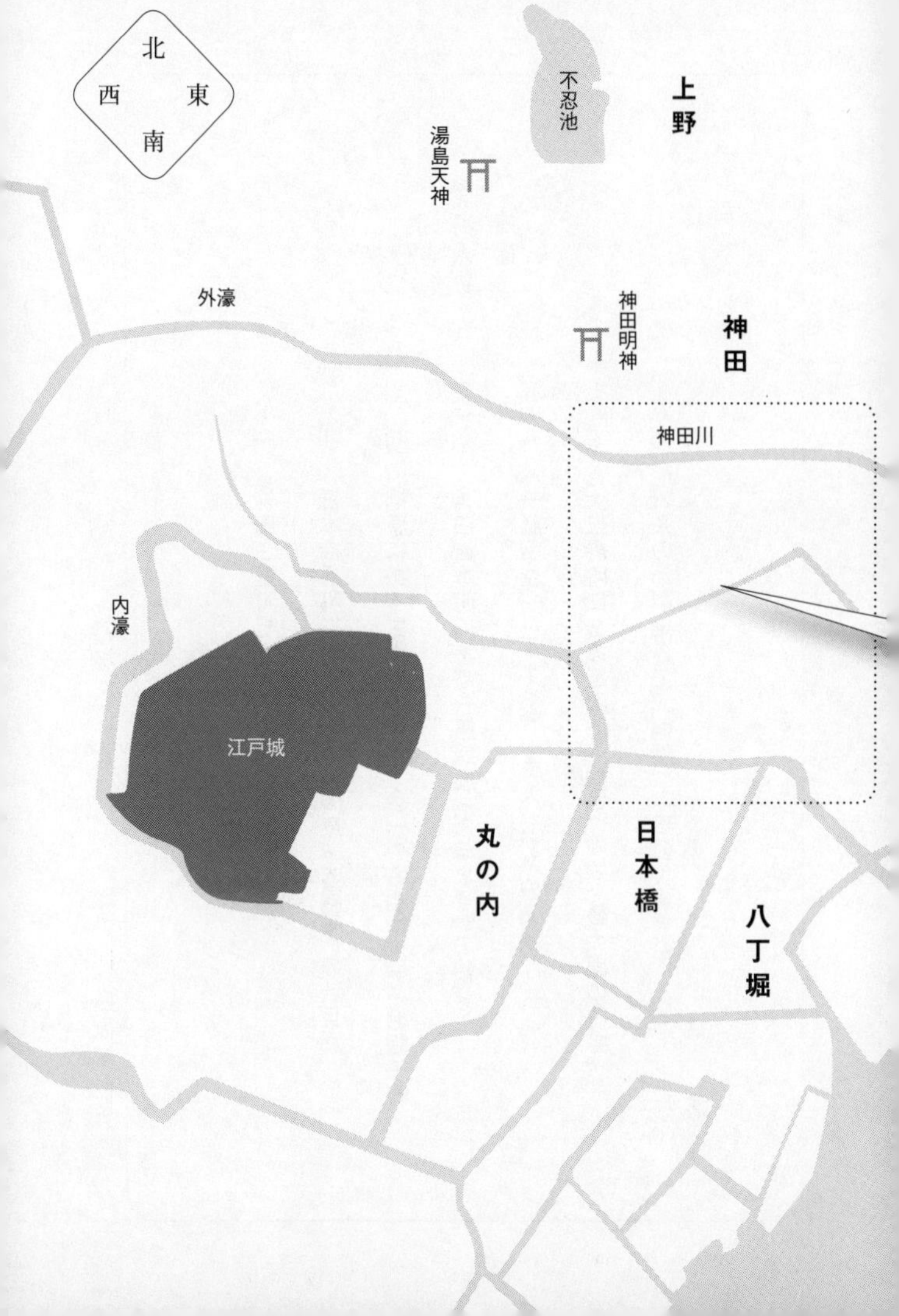
北
西
東
南
不忍池
上野
湯島天神
外濠
神田明神
神田
神田川
内濠
江戸城
丸の内
日本橋
八丁堀

主要登場人物一覧

余一《よいち》　神田白壁町できものの始末屋を営む。

綾太郎《あやたろう》　日本橋通町にある呉服太物問屋『大隅屋』の若旦那。

六助《ろくすけ》　柳原にある古着屋の店主。余一の古馴染みで、お調子者。

お糸《いと》　神田岩本町にある一膳飯屋『だるまや』の娘。

清八《せいはち》　一膳飯屋『だるまや』の主人。お糸の父親。

お玉《たま》　大伝馬町にある紙問屋『桐屋《きりや》』の娘。綾太郎の許嫁。

おみつ　お糸の幼馴染みで、『桐屋』の奉公人。

藍の糸

着物始末暦（二）

藍の糸

一

四月三日の暮れ六ツ半（午後七時）、綾太郎《あやたろう》は吉原《よしわら》にいた。

余一《よいち》が始末した打掛《うちかけ》を改めて唐橋《からはし》に贈ったのは、二月半《なか》ばのことである。そのとき「お礼に一献《いっこん》差し上げたい」と流麗な筆跡《て》の文をもらった。

西海屋《さいかいや》の唐橋と言えば、吉原一の売れっ子で「西海天女」の異名を持つ。どれほど金を積んだところで相手にされない男も多い。幼馴染《おさななじ》みの平吉《へいきち》がこれを知ったら、さぞかし悔しがるだろう。ひとりにやにやしながら花魁《おいらん》からの招きを待ったが、ひと月経《た》っても音沙汰《おとさた》がない。

なんだ、口先ばかりかと半ば諦《あきら》めかけたとき、やっと唐橋の使いが来て西海屋の二階座敷にこうして座っているのだが、

「あの市松模様の打掛は本当に見事でござんした。花魁は豪勢な打掛をたんと持って

いなさりぃすが、あねぇに手間のかかったものは見たことがござんせん」

「聞けば、余一さんが仕立てたそうでありんすね。ほんにたいした腕前で、わっちはほれぼれいたしんした。あれほどの仕上がりならば、さぞや手間賃をはずまれたのではありんせんか」

「……そうかい」

傍《かたわ》らで酒を注《つ》ぎながら、雛菊《ひなぎく》という振袖新造《ふりそでしんぞう》が熱心に話しかけてくる。目尻の下がった大きな目はきらきらと輝き、薄紫の地に手毬《てまり》の柄の振袖が小さな身体《からだ》に似合っている。しかし、嫌な話題を持ち出されて綾太郎は身体を揺すった。

もともとあの打掛は、余一を困らせてやるつもりで始末を頼んだものだ。生地が弱ってすり切れた打掛なんて、どれほど手間をかけたって着られるようになるはずがない。そう確信していたからあえて始末を頼んだのに、仕上がった打掛は非の打ちどころのない出来栄《できば》えだった。

とはいえ、こっちに断りもなく、預けた五枚の打掛を勝手に作り変えられた。余一には手間賃どころか、裏地代すら払っていない。元に戻せと言わないだけやさしいほうだと思っていたが、無邪気な笑顔で言われると尻の座りが悪くなる。

むっつり口を閉ざしたら、もうひとりの振袖新造、小鶴《こつる》も「ほんに」とうなずく。

こちらは垂れ目の雛菊よりもぐっと大人びた見た目をしていて、翡翠《ひすい》の地に七色の雲と流水柄の振袖を着ていた。

「高価な打掛を切り刻み一枚の打掛にするなんて、さすがは通町《とおりちょう》に店を構える大隅屋《おおすみや》の若旦那でござんす。考えることが並みではござんせん」

だから、それは余一が勝手にしたことでこっちが頼んだ訳じゃない――と腹の中で言い返し、綾太郎ははっとした。あの打掛の裏は唐橋が用意したという。当然、余一にあることないこと聞いているに違いない。

気まずい思いで上座を見れば、花魁はすまして座っていた。今日の打掛は唐紅《からくれない》の地に黒と金の杜若《かきつばた》を描いたもので、小袖の白が打掛の見事さを際立たせている。すぐそばには蒔絵《まきえ》の脇息《きょうそく》と揃《そろ》い柄の煙草《タバコ》盆《ぼん》、座敷の床柱《とこばしら》は黒檀《こくたん》で、欄間《らんま》は唐橋にふさわしく舞い踊る天女が彫ってあった。

地色の白が眩《まぶ》しい襖《ふすま》は新しくしたばかりだろう。描かれた二羽の鴛鴦《おしどり》は遊里向きではない気もするが、吉原《なか》では客と女郎を一夜の夫婦として扱う。「夫」が末永く通うよう願いを込めたのかもしれない。

「わっちもいつか、あねぇな打掛を着て道中したいものざます」

うっとり呟《つぶや》いた小鶴の言葉に「わっちだって」と雛菊も続く。高まる気まずさをまぎらわすべく、綾太郎は一息に杯を空けた。

「ほれぼれするような飲みっぷりでござんすなぁ。若旦那、どうぞもう一献」

「今宵《こよい》は花魁のおごりでござんす。思い切り飲んでおくんなんし」

笑顔で酒を勧められても、あいにく居心地はよくならない。人を招いておきながら花魁はだんまりを決め込んでいる。御礼の宴《うたげ》というのならもっと打ち解けるべきじゃないか。口をへの字に曲げたとき、やっと相手の狙《ねら》いに気付いた。

御礼の宴はあくまで建前《たてまえ》、本音は余一になり代わって自分をなぶる腹なのだ。振袖新造にことさら打掛の話をさせ、こっちが気まずい思いをするのを面白がる気に違いない。

吉原一の花魁の豪華な座敷で酒を楽しむ。これぞまさしく男の夢と浮かれたのが間違いだった。かくなる上は飲むしかないと杯を前に突き出した。

「ところで、おまえさんたちの年はいくつだい」

「十五でありんす」

声を揃えて返事をされ、綾太郎は意外に思う。

「おや、二人とも同い年なのか。見た目でいうと、二つ三つ違いそうだけど」

「どうせ、わっちは老けておりんす」

「幼くて、悪うござんした」

からかうような口を利けば、雛菊と小鶴が口を尖《とが》らす。そして、ため息をついてから互いの顔をじっと見た。

「小鶴のようにすらりとしていれば、大人っぽい色柄も似合ったかもしれんせんが……わっちはいつも童《わらべ》のようなきものばかりでありんす」

「雛菊は小柄でやさしい顔立ちが取り柄ざましょう。わっちなぞ、かわいらしい柄のきものは着られないのでありんすえ」

「二人ともそれぞれいいところがあるんだから、相手をうらやむことはないさ。今日の振袖もよく似合っているし」

それは花魁の見立てかいと問えば、小鶴がなぜか頬《ほお》を染める。

「いいえ、余一さんざます。呉服屋を呼んで選んでいたとき、ちょうど始末の終わったきものを届けてくださりんして」

うれしそうに教えられ、きものの下のへそが曲がる。古着直しの職人が出過ぎた真《ま》似《ね》をするじゃないか。せっかく話題を変えたつもりがいつの間にやら戻ってしまい、舌打ちをして杯を干した。

神田白壁町の櫓《やぐら》長屋に住む余一は、自らを「きものの始末屋」と称している。洗い張りや染み抜きはもちろん、仕立て直しや染め直しまできもののことなら何でもこなす。その腕前を認めるだけなら、綾太郎だってやぶさかではない。

だが、無愛想な上に礼儀知らずで、呉服太物《ふともの》問屋大隅屋の跡取りに言いたい放題ぬかしたのだ。あのすかした面《つら》を崩してやらねば、腹の虫がおさまらない。

唐橋が余一に始末を頼むのだって、半分は見た目のせいだろう。「間夫《まぶ》は勤めのうさ晴らし」とはよくぞ言ったものである。

柳原《やなぎわら》の古着屋、六助《ろくすけ》の長屋にいた娘も奴に夢中のようだった。風見屋《かざみや》の御新造《ごしんぞ》になり代わって振袖を着ていた娘は、東雲色《しののめ》（ほのかな薄赤色）のきものよりさらに色づいた頰をして余一のことを見つめていた。若い男なら十人が十人、憎からず思うほどの器量よしである。

ところが、あの恰好《かっこう》つけはいかにもむこうの片思いと言いたげな態度だった。思いに応《こた》えるつもりがないなら、頼み事などしなければいい。惚《ほ》れた弱みに付け込むなんて男として最低だ。

あれからひと月経ったけれど、あの子はどうしているだろう。あんな男を思ったところで、いいことなんてひとつもない。早いところ見切りをつけて、もっと稼ぎのいい男に心を移せばいいものを――そんなことを思っていたら、不意に唐橋が口を開いた。

「大隅屋の若旦那、何を考えていなさんす」

呼ばれて我に返ったとたん、色っぽい流し目に捕まった。いきなり何だと眉《まゆ》を寄せれば、赤い唇が弧を描く。

「この唐橋を前にして別の女を思うとは。真面目《まじめ》そうな顔をして、隅に置けないお人でありんす」

心の内を見透かされ、口を開けど言葉が出ない。どうしてわかったと慌てている間に雛菊と小鶴が険しい顔を近づける。

「若旦那、それは本当でありんすか」

「西海天女の座敷にいながら別の女を思うだなんて」

責めるような四つの目に「そんなんじゃないよ」と首を振る。

元はと言えば、この二人が余一について言うのがいけない。そのせいで、あの娘を思い出しただけではないか。

かといって、「余一のことを考えていた」とは口が裂けても言いたくない。綾太郎は困ってしまい、苦し紛れの嘘《うそ》をつく。

「あ、あたしが考えていたのは、きもののことさ。女のことなんかじゃない」

「とかなんとか……本当は、きものの中身を思っていたんでござんしょう。わっちの目は節穴ではござんせんえ」

からかうようにささやいて、唐橋がめったに拝めない微笑を浮かべる。江戸中の男が焦《こ》がれてやまない表情に見惚《みと》れてしまった刹那《せつな》、幼馴染みに言われた言葉がよみがえった。

——ようやくおまえもきものの中身に興味を持つようになったんだね。

すると、たちまち顔がほてって二の句を継げなくなってしまう。それを何と取ったのか、振袖新造たちが言い切った。

「では、どこの誰を思っていたか、白状してもらいんしょうか」

「白状せねば、帰しませんえ」

腕まくりする雛菊と小鶴に、やっぱり来るんじゃなかったと綾太郎は肩を落とした。

二

「べ、別にあたしはその娘に惚れているという訳じゃないんだよ。ただ、さっきはたまたまなんとなく……考えていたっていうだけで」

「はいはい。それで、どこの何というお人でありんす」

むきになって言い訳しても、軽く受け流されてしまう。釈然としない思いのまま、綾太郎は記憶をたぐる。

「確か、お糸《いと》って呼ばれていたけど。住まいなんて知らないよ」

ありのままを白状したら、振袖新造たちが目を丸くした。

「さては、通りすがりにひと目惚れをしたのでありんすか」

「なんとまぁ、純情な」

よほど思いがけなかったのか、感動したような目で見られる。恥ずかしくなって口をつぐめば、今度は唐橋に尋ねられた。

「そのお糸さんをどこで見たんざます」

「余一の知り合いの古着屋のところさ。その子は奴に頼まれて、他人《ひと》の振袖を着ていたんだよ」

春の日差しを浴びて咲く白梅を写した振袖は、まるでその娘のために誂《あつら》えたもののようだった――何気なくそう付け加えたら、花魁が口元を袖で隠す。

「若旦那はその艶姿《あですがた》にひと目惚れをしなすったと」

「そんなんじゃないって、さっきから言っているだろう」

「わっちらに隠すことはござんせんえ」

「若旦那、正直におなりなんし」

怒って否定してみても、誰もまともに取り合わない。そのうちに綾太郎までだんだんそんな気がして来た。

呉服問屋の跡継ぎという立場柄、毎日多くの娘に会ってきものを見立ててやっている。お糸は確かに器量よしだが、ひと月前に見たきりである。何より器量で比べれば、唐橋のほうが数段上だ。にもかかわらず、どうして思い出したのか。改めて我が身に問いかけたとき、余一に向けられたまばゆい笑顔が浮かんできた。

腕と面がいいとは言っても、余一はただの職人である。仕事は古着の始末だし、稼ぎがいいとは思えない。お糸ほどの器量なら男なんてより取りなのに、奴のどこに惚れ込んであんな笑顔を向けるのか。

綾太郎だって若い娘に媚《こび》を売られたり、色目を使われたりすることはある。ただし、相手の狙いが大隅屋の身代《しんだい》だとわかっているから、ちっとも気持ちは動かない。

自分が大店《おおだな》の跡取りでなくても、あふれる笑顔で見つめてくれる娘は果たしているだろうか。そんな思いがあったせいで忘れられなくなったらしい。

「あれ、まるで熟した柿のよう。わっちもそねぇに純な気持ちで思われてみたいものざます」

「もう、何とでも言っておくれ」

面と向かってからかわれ、綾太郎は頭を抱えた。

贈った打掛についてとやかく言われると思っていたら、まさかこんな話になるとは。殿様気分を味わうつもりが、これではこっちがおもちゃのようだ。ふくれっ面でいじければ、雛菊と小鶴に袖をひかれた。

「若旦那、ここで頭を抱えていても思いは相手に伝わりんせん。胸の内を文《ふみ》にしたため、お糸さんに届けなさんし」

「それがようござんす。きっと思いは通じんしょう」

どうやら、意外な純情ぶりに肩入れしたくなったらしい。二人は真剣な表情で綾太郎に訴えた。

「若旦那のようなお人に思われて、嫌がる娘はおりんせん」

「男は度胸でありんすえ」

「二人とも、ちょっと待っておくれ」

太鼓判を押してくれる気持ちはありがたいけれど、あいにくそれは許されない。綾太郎には許嫁《いいなずけ》がいて、暮れには祝言《しゅうげん》を挙げるからだ。

武家はもちろん、町人にも身分違いというものはある。お糸は余一や六助と親しくしているようだから、自分と一緒になれるような氏素性《うじすじよう》ではないだろう。

「それなりの店の跡継ぎには世間体ってもんがある。身軽な貧乏人と違って、いい加減なことはできないよ」

金のない連中はことさら金持ちをうらやむが、金があったらあったなりの苦労もついて回るのだ。世間を知らない振袖新造にしかつめらしく教えていたら、唐橋が「あやさま」と割って入る。

「恋に身分の上下なしとか。わっちらのように金で縛られた者でさえ、かりそめの恋に身を焦がすもの。あやさまのような立場のお人が意気地のないことをおっせぇすな」

そんなことを言われても、自分はすべてを投げ捨ててお糸と一緒になる気はない。放《ほう》っておいてくれと言おうとしたら、思い詰めた顔つきの振袖新造と目が合った。

「花魁の言う通りざます」

「あやさま、諦めてはなりんせん」

無邪気で無責任な励ましにいっそう頭が痛くなる。何と言おうかと迷っている間にまたもや唐橋が口を開いた。

「恋のひとつもしないまま嫁を取っても不幸の元でござんすよ。年を取ってからの麻疹《はしか》と恋はこじらせやすいと申しんす」

思わせぶりなことを言われて内心ひやりとしてしまう。綾太郎の母は大隅屋のひとり娘で、祖父に命じられるまま奉公人だった父を婿にした。そのため今もお嬢さん気分が抜けなくて、毎日遊び暮らしている。

――女もきものも元が良ければ、いくらだって生まれ変われるんだもの。せいぜい楽しまなくっちゃね。

余一が始末した打掛を見て、母はよりいっそう出歩くことが増えてしまった。綾太郎としては「いくつになっても生まれ変われるとわかった上は、これまでの暮らしを改めて御新造らしくしよう」と思って欲しかったのである。だが、前より楽しそうなので「仕方がないか」と諦めた。

そういう母を見ているから、一緒になる相手に多くを望むつもりはない。許嫁のお玉《たま》は紙問屋桐屋《きりや》のひとり娘で、本両替商後藤屋《ごとうや》の孫にあたる。いささか風変わりという噂《うわさ》も聞くが、家柄としては申し分ない。母のように出歩かず、じっと座っていてくれれば十分だと思っていた。

だが、そんな考えで一緒になって本当に後悔しないのか。にわかに不安を覚えたとき、唐橋が耳元でささやいた。

「今なら若気《わかげ》の至りと世間も大目に見てくれんしょう。それにお糸という娘は余一さんに気があるのではありんせんか」

「どうしてそれをっ」

とっさに大きな声を上げれば、唐橋の目が細くなる。

「あやさまの様子を見れば、一目瞭然《いちもくりようぜん》でござんすえ。若い娘はいつだってつれない男に熱を上げるものざます」

二十歳そこそこのはずなのに、花魁は年寄りじみた口を利く。余一の名を聞いた振袖新造は甲高《かんだか》い声で騒ぎ始めた。

「あやさまの恋敵《こいがたき》は、よりによって余一さんざますか」

「なんとまぁ、運の悪い」

さも勝ち目がないと言いたげな二人の態度に綾太郎はむっとした。

大店の跡継ぎが一介の職人と女を取り合い、負けるとでも言いたいのか。総じて女は計算高い。自分のような金持ちに気のある素振《そぶ》りを見せられれば、つれない男に見切りをつけてこっちになびいて当然だ。

生来の負けず嫌いが頭をもたげ、挑むように言い放つ。

「だったら、本気で口説《くど》いてやるよ。あんな男に負けるもんか」

「あれ、勇ましい」

「あやさま、頑張っておくんなんし」

慣れない豪華な座敷の酒が知らぬ間に回っていたのだろう。綾太郎はまたしても余一と張り合う気になった。

三

昨日は何だってあんなことを言ったんだろう……。

翌朝、目が覚めた綾太郎は真っ先にそう思った。昨夜大隅屋に戻ったときはやる気満々だったのだが、一晩経って酒が抜けたら馬鹿馬鹿しくなってしまった。

こんなことで余一と張り合い、どんな得があるというのか。素人《しろうと》娘に手を出せば、あとの祟《たた》りが恐ろしい。もてあそんで捨てたとなれば、店の暖簾《のれん》に傷がつく。すべてを金で片付けられる玄人《くろうと》とは訳が違う。

あれは一時の気の迷いだ。今日は真面目に働こうと店に出たところ、「綾太郎の恩知らず」と平吉が大隅屋に駆け込んで来た。

「西海天女の招きを受けて、どうしてあたしを誘わないのさ。あたしはおまえの吉原遊びの師匠じゃないか」

師匠の顔を潰《つぶ》すなんて、弟子の風上にも置けない奴だ。水臭いったらありゃしない――文句を言い募《つの》る幼馴染みを慌てて部屋に連れて行き、綾太郎は顔をしかめた。

「いきなり押しかけて来て、なに勝手なことを言ってんだい。むこうの招きだからこそ、何の関わりもない奴を連れて行ける訳がないだろう」

「関わりならあるじゃないか。あたしはおまえと一緒に唐橋の花魁道中を見物しているんだよ」

「ただ眺めていただけなら、何百という吉原雀《すずめ》も一緒に見物していたさ。まさかそいつら全員を座敷に呼べっていうのかい」

突き放すような口を利くと、平吉が口を尖らせる。この男ははす向かいの菓子司《かしどころ》、淡路堂《あわじどう》の跡取りなのだが、通町より吉原にいることが多い。だが、今ここにいるということは、昨夜は店に泊まったようだ。

それでも、昨日の今日で聞きつけるのはさすがというか、何というか。綾太郎が呆《あき》れていたら、恨みがましく睨《にら》まれた。

「おまえって奴は本当に友達甲斐《がい》がないんだから。唐橋と一緒の座敷で飲めたら、あたしは何の未練も残さず吉原通いをやめられたのにさ」

「またそんなことを言って。八重垣《やえがき》花魁が悲しむぞ」

八重垣は唐橋と同じ西海屋の花魁で、平吉の敵娼《あいかた》だ。今年の正月も居続けを決め込むほど熱を上げているくせに、言われた当人は驚いたような顔をした。

「おまえは……ああ、そうか」

「おい、ひとりで納得していないで、わかるように説明しろよ」

綾太郎が文句を言えば、平吉が苦笑した。

「実は、あたしの縁談が決まったんだよ」

「え、それじゃ」

八重垣はどうするんだと尋ねる前に、幼馴染みは話を続ける。

「しかも、淡路堂を継ぐんじゃなくって、本町三丁目の薬種《やくしゅ》問屋杉田屋《すぎたや》に婿入りすることになった。どうだ、驚いただろう」

「お、驚いただろうって」

おうむ返しになったのは、心底びっくりしたからだ。平吉は真面目とは言い難いものの、別に馬鹿でも間抜けでもない。見た目だって並みよりいいし、何と言ってもひとり息子だ。いくら遊んでいたとはいえ、婿養子に出されるほど難があったとは思えない。

「おまえ、いったい何をしたんだ」

眉根《まゆね》を寄せて尋ねたのは、幼馴染みの行く末がにわかに案じられたからだ。初めから他所《よそ》へ婿に行くか、自分で商いを始める覚悟の次男三男とは訳が違う。ひとり息子の自分たちは生まれた家を継ぐものと信じ込んで生きてきた。それをいきなり反故《ほご》にされては、平吉だって立つ瀬がない。

不行跡が因《もと》で跡継ぎでなくなる場合ですら、一度は親戚や知り合いに預けて反省を促すと聞いている。やり直す機会を与える前に婿に出してしまうなんて、ずいぶん荒っぽいやり方だ。

ところが、当の平吉はすでに腹をくくったらしい。さばさばした様子で綾太郎の肩を叩《たた》いた。

「うちはおまえのところと違って、下に妹がいるからさ。お三和《みわ》に婿を取って淡路堂を継がせるらしい」

「継がせるらしいって、おまえはそれでいいのかい」

「仕方がないだろう。あたしは吉原《なか》なら詳しいけど、うちの中はこれっぽっちも詳しくないもの。それにひきかえ、妹は子供の頃から菓子好きだから」

「女子供は誰だって菓子が好きなもんなんだよ。おまえだって子供の頃は、女より菓子のほうが好きだったろう」

「あいにく、うちの妹はただ好きというだけじゃない。高価な菓子を食べ続けたおかげで、職人顔負けの立派な舌を持っているのさ。おまえだって門前の小僧で、きものの織りや柄についちゃ手代《てだい》なんかに負けないだろう」

お三和はどんなにめずらしい菓子でも、一度食べれば材料の見当がつくという。その特技を生かし、二年前からは新作菓子の考案もしているとか。

「あたしだって人並み以上に菓子を食べて育ったけど、砂糖や小豆《あずき》の違いなんてわかりゃしない。もっとも、妹は砂糖の和三盆《わさんぼん》にちなんで『三和』と名付けられたからね。言うなれば菓子の申し子で、最初《はな》からこっちに勝ち目はないのさ」

「おい、ふざけている場合か」

「あたしはいたって大真面目だよ。とにかくそんな訳だから、淡路堂は大事なお三和を嫁になんて出せないのさ。あいつも十六になったことだし、金食い虫の不肖《ふしょう》の兄はさっさと出て行ってやらないと」

「だからって、あんまり急すぎるよ。八重垣花魁のことはどうするんだい」

正月に西海屋へ押しかけたとき、八重垣は化粧っ気のない顔で平吉の隣りに座っていた。金が絡む仲とはいえ、いきなり縁を切ったりしてはかわいそうではないか。綾太郎の訴えに幼馴染みは首を振る。

「捨てられるのは八重垣じゃない。あたしのほうなんだ」

「どういう意味だい」

「あいつは近々蔵前《くらまえ》の札差《ふださし》に身請《みう》けされるんだよ。昨日、西海屋でそういう話を小耳にはさまなかったかい」

間髪を容《い》れずに否定すれば、「おまえらしいよ」と笑われた。

「そんな訳だからね、あたしが婿に行ったところで八重垣は大丈夫なんだ。これからはせいぜい嫁や舅《しゅうと》、姑《しゅうとめ》に尽くして、追い出されないようにしないとね」

強《し》いて明るく振る舞うのは、恐らく不安の裏返しだろう。婿入り先の薬種問屋は世間に知られた大店だが、菓子屋の倅《せがれ》の平吉に薬の知識があるはずはない。どうしてそんなところにと思い、綾太郎は気が付いた。

「ひょっとして、淡路堂は杉田屋から砂糖を仕入れているのかい」

「御明察。おまけにそこのひとり娘は出戻りでね。いや、婿を追い出したんだから、出戻りとは言わないのかな」

付け加えられた一言に他人事《ひとごと》ながら顔がこわばる。仮にも平吉は淡路堂の惣領《そうりょう》息子だ。よりによってお下がりをあてがうことはないだろう。ひとり憤慨していたら、平吉が小さく笑った。

「おまえがそんな顔をしなくてもいいって。二度目と言っても二十一で、器量も悪くないという話なんだ。最初の婿は分家筋のおとなしい男で、二年と持たなかったそうだから」

そこで、最初の婿とは正反対の平吉に白羽の矢が立った。前回は堅物《かたぶつ》で失敗したので、今度は女あしらいのうまい男が望まれたらしい。

「あたしは薬種商いなんてわからないけど、女の扱いは慣れているからね。下手に隠し立てされるより、初めから腹を割られたほうがこっちだってやりやすい。吉原遊びも無駄にならなかったという訳さ」

事情がわかればわかるほど、幼馴染みが憐《あわ》れになった。馴染みの花魁に振られた挙句、一緒になる女は家付きの我がまま娘で、おまけに二度目の婿ときた。慰《なぐさ》めの言葉もかけられずにいたら、突然平吉が真顔になる。

「綾太郎、おまえは大店の若旦那でなくなった自分の姿を想像できるかい」

「いきなり何だよ」

意味がわからず問い返せば、にわかに相手の顔が曇る。そして、八重垣から身請けを打ち明けられた晩のことを話し始めた。

「なんとか一緒に逃げられないかと本気で思った。あいつも、あたしがそう言い出すのを待っていたんじゃないのかな。でも……あたしにいったい何ができる。万一足抜けできたとしても……家を出たあたしに八重垣を養う甲斐性《かいしょう》はない。そう思ったら……逃げようなんて、口が裂けても言えなかった」

まるで白洲《しらす》の罪人のように平吉は言葉を詰まらせる。その姿を見て、分《ぶ》の悪い縁談を呑《の》んだ理由がわかった気がした。

いっそ贅沢《ぜいたく》な暮らしを知らなければ、もっと自由に生きられたのか。たとえばどこかの誰かのように擦《す》り切れた古着をほどき、仕立て直して暮らしていれば、何ものにもとらわれずに生きることができるだろう。

だが、そんな暮らしをしたいとはこれっぽっちも思わない。いくら自由があったところで、古着をいじくる毎日に喜びなんてあるものか。高価なきものを身にまとい、おいしいものを食べてこそ生きる甲斐があるのである。

――おめぇさんはお古なぞ着たことはないだろうが、特に気に入って、繰り返し着たきものくらいあるだろう。そういうもんは、多少傷《いた》んでいようとも大事なきものじゃなかったのかい。

かつて余一はそう言ったが、所詮《しょせん》は貧乏人の屁理屈《へりくつ》だ。ぼろをまとってみじめな思いをするくらいなら、死んだほうがましである。

「それで、祝言はいつなんだい」

気を取り直して尋ねたら、平吉がそろりと顔を上げた。その目は少し赤かったけれど、けっして泣いてはいなかった。

「むこうは二度目だから、そう派手なことはしないだろう。今月中に結納《ゆいのう》をすませて、秋には祝言かな」

「婚礼衣装は当然うちで誂えるんだろ」

決めつけるような口を利けば、相手が目を丸くする。

「さすがは大隅屋の跡取りだ。あたしなんかと出来が違うね」

「当たり前だろう。そういうおまえは女ったらしを見込まれて、杉田屋の婿になるんだろうが。いい男に見えるとびっきり上等の紋付《もんつき》を仕立ててやるから、万事あたしに任せておくれ」

あえて強い調子で言えば、平吉も吹っ切ったような笑みを浮かべた。

「ああ、あたしはもう一生分遊んだからね。悔いはないよ」

負け惜しみのようなその言葉が綾太郎の胸に響いた。

四

吉原から帰った翌日、綾太郎は平吉と夜更《よふ》けまで酒を飲んだ。互いに先のことを思えば飲まずにはいられなかった。ほろ苦い夜が明けると、綾太郎は柳原にある六助の見世《みせ》へ出かけた。

「……で、その幼馴染みの話から、どうしてお糸ちゃんが出てくるんだか。俺にはさっぱりわかりやせんがね」

こっちが話を終えたとたん、六助が不思議そうに首をかしげる。いい年をして人生の機微を解さない相手に綾太郎は舌打ちした。

前にここへ来たときは寒そうだった柳の木も葉が茂り、風が吹くたびに揺れるさまはまるで緑の暖簾のようだ。神田川では荷船が行き交い、向こう岸の佐久間町では飛脚《ひきゃく》が威勢よく走っている。

初夏のありふれた光景さえ、今の綾太郎には「残された時を無駄にするな」と訴えているように思えてしまう。季節は巡り、人は老いる。後であれこれ悔やんでも、そのときはもう取り返しがつかない。風見屋の御新造もそうだった。

「おまえはあたしの話を聞いていなかったのかい」

「ちゃんと聞いていましたよ。幼馴染みの若旦那が八重垣花魁に振られた挙句、婿に行くことになったってんでしょ」

「そう、人生一寸先は闇《やみ》なんだっ」

力んでこぶしを振り上げたら、不意にぐらりと地面が揺れる。慌てて柳の木に摑《つか》まり、どうにか転ぶのを免《まぬが》れた。

考えてみれば、二晩続けてずいぶん酒を飲んでいる。自分で思っているよりも酔いが残っているらしい。綾太郎は息を吸い、それからゆっくり吐き出した。

ついこの間まで、平吉がうらやましいと思っていた。自分は真面目に店の手伝いをしているのに、手代上がりの父親は口を開けば小言ばかりだ。一方、平吉は好き勝手に遊んでいても一切文句を言われない。この差は何だと思っていたが、こんな結末が待っているとは。

平吉に妹がいなければ、いや妹がお三和でなかったら、婿に出されることはなかっただろう。うちは兄弟がいなくてよかったと胸をなでおろしかけたとき、「果たしてそう言い切れるのか」と、頭の中で声がした。

「うちのおとっつぁんは、こと商売については厳しい人なんだ。真面目に励んだ末にいきなり放り出されちゃかなわないからね。自由の利くうちに少しは楽しんでおかないと」

「どうしてそういう理屈になるんですかねぇ。若旦那の幼馴染みは羽目を外して遊んでいたから、追い出されちまったんだ。真面目に店の手伝いをしていりゃ、そんなことにはならねぇでしょ」

「いいや、わからないよ。あすこの親はお三和ちゃんを手放す気がないんだもの。案外婿に出そうとして、平吉が遊びにはまるよう仕向けたのかもしれない」

兄を婿に出して妹に跡を継がせるとなれば、世間の口もうるさいはずだ。だが、息子の出来が悪ければ、無理もないと思われる。

たとえ親子でも商いの道は非情なものだ。平吉は実の親にはめられたんだと言い張ると、六助が上目遣いに頭をかく。

「その幼馴染みはともかく、大隅屋には若旦那しか子がいねぇ。よほどの不始末をしでかさねぇ限り、放り出される気遣いはねぇと思いやすがね。若旦那の言っていなさることは、丈夫な石橋を叩き壊そうとしているようだ」

「さっきからごちゃごちゃとうるさいね。あたしにはもう時間がないんだ。ぼやぼやしちゃいられないんだよ」

二日酔いに苦しみながら綾太郎が言い返す。両手でこめかみを押していたら、六助が竹筒に入った水をくれた。それを一息に飲み干すとだいぶ気分がすっきりした。

「ああ、全部飲んじまったのかい。金持ちってのは遠慮がねぇな」

から の竹筒を返したら、恨めしそうに文句を言われる。筵《むしろ》がけのこの見世に水甕《みずがめ》なんてもちろんない。

「なんだい、水くらいでがたがた言いなさんな」

「ふん、人の水を飲んじまって文句を言うなと来たもんだ。それでえぇと、なんだっけ。そうそう、道楽者の幼馴染みが婿に行くことになったからって、なんで若旦那が時間がねぇって話になるんだ」

「平吉があたしに言ったのさ。自分はもう一生分遊んだから悔いはないって。けど、あたしは何もしちゃいないんだ。このまま惚れてもいない女と一緒になってしまったら、後悔するに決まっているだろ」

それでなくても店がらみ、損得がらみの縁組である。相手のことが気に入らなくてもたやすく離縁はできないはずだ。悋気《りんき》の強い相手だったら、面倒なことになるだろう。だから「時間がない」と訴えれば、「理屈はわからねぇが、何となく気持ちはわかりやした」と六助が手を挙げた。

「そういうことなら、その幼馴染みと同じように吉原へ繰り出しなせぇ。なんなら、お供しやしょうか」

「あんなのは金がかかるばかりでちっとも楽しくないよ」

綾太郎がそっぽを向くと、もっともらしくうなずかれる。

「確かに吉原はやたらめったら金がかかるし、花魁も権高くていけねぇ。なら、深川はいかがで。あそこの伏玉《ふせだま》なんざ、案外と器量のいいのがおりやすぜ。手っ取り早く思いを遂げるには一番でさ」

どうやら六助は、綾太郎が女を抱きたがっていると思ったらしい。見くびるのもたいがいにしろと勢い声が大きくなる。

「あたしは金のからんだ色恋なんて興味がないんだ。一生の思い出に、思い思われるならお糸って子がいいんだよ」

自分がちょいと誘いをかければ、乗ってくる娘は大勢いる。だが、そういう手軽な相手と一生の思い出なぞ作りたくない。

「報《むく》われないと知りながら、諦めきれずに思い続ける……そういう一途《いちず》な娘でないと、素人に手を出す意味がないだろ。もちろん付き合っている間は、いい思いをさせてやるよ」

あれだけの器量なら着飾らせ甲斐がある。得意げに鼻をうごめかせれば、「なんだかなぁ」と六助が呟いた。

「そんなに余一と張り合いてぇんですかい」

「べ、別にそんなんじゃないよ」

とっさに言い返したものの、そういう思いがないとは言えない。唐橋といい、六助といい、どうして自分の胸のうちはあっさり見透かされるのだろう。慌てて目をそらしたら、古着屋の主人が腕を組む。

「若旦那が野郎を目の仇《かたき》にしているのは知ってやす。けど、そういう了見で近づいちゃ、お糸ちゃんがかわいそうだ」

「あたしは余一を負かしたくて、ちょっかいを出そうというんじゃない。あの子のことが気になってならないだけさ」

気になり出したきっかけは余一に向けた笑顔だけれど、ただの対抗心だけでここまでその気になるものか。

「あんな笑顔を向けられて、よろめかないなんておかしいよ。余一はどっか身体の具合が悪いんじゃないのかい」

「さて、どうだろう」

「でなきゃ、あんな器量よしのおしとやかな子に思われて、空っとぼけていられるはずがないじゃないか」

むきになって断言したら、六助が首をかしげた。

「お糸ちゃんが器量よしってのはわかるとして、おしとやかってなぁ……」

「なんだい、文句があるのかい」

恥ずかしくなって突っかかれば、相手がしばし考えてからぽんと手を打った。

「どうやら誤解があるようだし、実物を見てもらったほうが話は早《はえ》ぇ。御誂え向きにちょうど九ツ（正午）になったところだ。ひとつ一緒に出かけやしょう」

「なんだい、あたしにたかる気かい。当てが外れて気の毒だけど、あたしは昼飯なんか食べたくないよ」

さっきより落ち着きはしたものの、まだ昨夜の酒が残っている。嫌そうな顔で断れば、六助がにやりと笑った。

「おや、そんなことを言っていいんですかい。せっかく、お糸ちゃんに会わせてやろうと思ったのに」

「なんだって」

「あの子はこの近くにある一膳飯屋《いちぜんめしや》の娘でさ。ところで、若旦那は一膳飯屋で食ったことがありますかい」

さっきまで渋っていたとは思えないほど、六助の舌が滑らかに動く。急にどうしたと訝《いぶか》しく思いながら、「当たり前だろ」と言い返した。

「あたしだっていつも値の張る料理屋で飲み食いしている訳じゃない。小腹がすいて、屋台の蕎麦《そば》をたぐったりすることもあるさ」

「そいつぁ、屋台の立ち食いでしょう。だるまやは職人や日雇いの男たちが腹をすかせて通う店だ。正直、その恰好じゃ入りづれぇと思いやすがね」

行くのか行かないのかはっきりしろと、六助が答えを急《せ》かす。

四月一日は衣替《ころもが》えで、ようやくきものが綿入れから袷《あわせ》になったところである。今日はいい天気にもかかわらず気分がすっきりしないので、白地に縹《はなだ》色の縞《しま》の涼しげな紬《つむぎ》を着てきたのだ。こういう色目は袷より単衣《ひとえ》に多いから、まだ着ている者は少ない。

とはいえ、この恰好で入りづらいとはどういうことだ。ひっかからないではなかったが、気の急いていた綾太郎はよく考えずにうなずいた。

五

だるまやという店は柳原から近かった。かろうじて表通りに面しているが、気を付けていないと通り過ぎてしまいそうなごく目立たない店である。もう暖かいからだろう。入口の腰高障子は開けっ放しになっていた。

なるほど、これは今までに入ったことのない類《たぐ》いだ。そんなことを思いつつ近づいていった綾太郎は、中から聞こえた大声に思わず足を止めてしまった。

「おい、俺のはまだかよっ」

「うるせぇ、こっちが先口だ。後から来てがたがた騒ぐんじゃねぇ」

「なんだとぉ、半人前で仕事のねぇ左官がえらそうに」

「てめぇ、ほざいたなっ」

戸の陰からのぞいて見ると、中にいるのは紺の袢纏《はんてん》に股引《ももひき》姿の職人や人足《にんそく》ばかりである。おまけにぎっしり座っているため、藍甕《あいがめ》をのぞいているようだ。

「な、なんだい、この店は」

「何をびびっているんです。ここがお糸ちゃんのいるだるまやですってば。ああ、今日はもう一杯か。若旦那、ちょいと待っててくだせぇ」

横から六助が答えたけれど、後半は耳に届かなかった。見た目通りの狭い店内では、体格のいい男たちががつがつ飯を食べている。料理を待っている連中は嚙《か》みつかんばかりの形相《ぎょうそう》をしていた。

こんな獣じみた奴らに囲まれてお糸は暮らしているのだろうか。綾太郎がめまいを覚えたとき、調理場から娘が出てきて「静かにして」と一喝した。

「うちは料理を食べるところなの。騒ぎたいなら、八辻ケ原《やつじがはら》に行ってちょうだい！」

そして自分より大きな男たちを睨むと、料理の膳をどんと置く。すると、言い争っていた二人が無言でどんぶりを手に取った。

「いよっ、お糸ちゃん」

「日本一っ」

常連客らしい囃《はや》し声が聞こえてきて、綾太郎は耳を疑った。

今のおっかない娘がお糸だって？　まさかそんなと目を凝らせば、娘は囃し立てた客を睨みつけている。

「二人とも余計なことを言っていないで、さっさと食べてちょうだい。表で待っているお客さんがいるんだから」

「なんだよ、少しくれぇお糸ちゃんの顔を眺めていたっていいじゃねぇか」

「その顔を拝むためにだるまやに通っているんだぜ」

「そんなことばかり言っていると、見物料を上乗せするわよ」

娘は腰に手を当てて、にこりともせずに言ってのける。その表情も着ているものも前に見たときとまるで違うが――なるほど、六助の長屋で見た娘に間違いない。驚きのあまり凍りついていたら、横から六助の声がした。

「ご覧の通り、ここは力仕事の職人や人足が飯を食いに来るところだ。ただでさえ短気な連中が腹をすかせているから始末が悪ぃ。お糸ちゃんは毎日そういう連中の相手をしているんでさ」

「だ、大丈夫なのかい」

あんな熊のような連中に力ずくで来られたら、お糸のような若い娘はひとたまりもないだろう。知らず声を震わせると、六助がぷっと噴き出した。

「今のやり取りを見たでしょうが。お糸ちゃんは片手じゃ膳を支えられねぇくらい小さい頃から、父親の手伝いをしているんだ。大隅屋で高価な晴れ着を誂えてもらうような箱入り娘とは違いまさぁ」

言われて眉間《みけん》を狭くすれば、「どうです。思っていたのと違うでしょう」と六助が笑った。

「お糸ちゃんはおしとやかじゃねぇと知って、熱が冷めたんじゃありやせんか」

その口ぶりが気に障《さわ》り、「いいや、かえって惚れ直したよ」と意地になって言い返す。

「あたしは裏表のある女は苦手だからね。腹の中に本音を隠して遠まわしにやられるよりも、はっきり言われるほうがありがたい」

「おや、その割には余一とウマが合わねぇようで」

奴ほど裏表のない野郎はいませんぜと六助に言われ、綾太郎は噴き出した。

「あ、あたしは女の話をしているんじゃないか。それに、あいつは裏表がないっていうより、遠慮がないっていうんだよ。そのくせいちいちもったいぶるし」

「そりゃまぁ、腹にあることを全部言う訳じゃありやせんが……おや、ちょうど二人立ち上がった」

目ざとく見つけた六助が、すぐに「お糸ちゃん」と大声で呼んだ。

「今日は連れがいるんだ。特別うめぇのを頼むぜ」

「えっ」

膳を片付けていたお糸が驚いたように振り返る。そして綾太郎に気が付くと、とまどったような顔をした。

さてはむこうも自分のことを覚えていてくれたのか。六助の長屋で会ったのはひと月も前だし、互いに名乗り合ってもいない。それでも覚えていたなんて、案外脈があ

るのでは……と調子のいいことを思っていたら、

「どこの何様を拾って来たのよ」

小声の文句が耳に届き、綾太郎の顔がひきつる。どうやら、お糸は会ったことをきれいに忘れているらしい。

改めて名乗るべきか迷っていたら、六助が先に口を開いた。

「このお人は大隅屋の若旦那で綾太郎さんといってな。俺とは昵懇《じっこん》の間柄よ。今日はぜひともここの料理を食べたいとおっしゃるから、連れて来た」

よほど意外だったのだろう。お糸が無言で目を瞠《みは》る。

六助に「昵懇の間柄」と言われるのは不本意極まりないものの、ここで自ら否定をすれば話が妙な具合になる。仕方なく黙っていたら、他の客もこっちを見た。

「なんだって土手の古着屋が」

「通町の大店の跡継ぎがどうして」

小声がちらほら聞こえてきて、ぎこちない空気が漂う。土間に並ぶ床几《しょうぎ》は間隔にゆとりがないため、大の男が座っていると通り抜けるのが難しい。綾太郎が立ちすくんでいたら、お糸が意を決したように一歩踏み出した。

「うちは見ての通りの一膳飯屋で、安いお金でお腹《なか》一杯食べられるのが取り柄なんです。おいしいものを食べ慣れている若旦那の口には合いっこないと思いますけど、それでも構いませんか」

紺の前掛けの裾《すそ》を握りしめて言いにくそうに、だが、はっきり言う。なるほど、お糸は何事もうやむやにできない性分らしい。

こういうことを言われたとき、自分は何と言えばいいのか。むこうの言い分はよくわかるが、「目当ては料理じゃないんだよ」とすかさず口説ける性質《たち》ではない。かといって、食べたことのない料理をほめるのも変だろう。

返事に迷っていたら、なぜか周囲がどっと笑った。

「お糸ちゃんがそれを言っちゃあ、おしめぇだろう」

「毎日通うおいらたちの立場はどうなるんでぇ」

「だって、みんなは味より量と安さでしょ。若旦那とは違うもの」

眉を下げてお糸が言えば、別の客が声を上げる。

「親父《おやじ》さん、娘がひでぇことを言ってるぜ」

「あたしは若旦那の口に合わないんじゃないかって言っただけで、おとっつぁんの料理がまずいなんて言ってないわっ」

言い過ぎたと思ったのか、お糸が赤くなって言い訳する。すると、一緒に笑っていた六助が「大丈夫だって」と請け合った。

「若旦那はいたってさばけたお人なんだ。いつものやつを二人前頼むよ」

お糸はしばしためらっていたが、うなずいて調理場に下がっていった。その後、どうにか床几に腰を下ろし、綾太郎は息をつく。

「どうです。その恰好じゃ入りづれぇと言った意味がわかったでしょう」

耳元でささやかれ、不承不承うなずいた。六助は股引姿ではないけれど、着古した濃いこげ茶のきものだ。白っぽい絹の袷の自分ほどは目立たない。ひとり恰好が違うことがこれほど気まずいとは思わなかった。

「まるでカラスの群れに混ざった都鳥《みやこどり》みてぇだ」

「都鳥は白いけど、カラスは黒いじゃないか。あたしは、藍甕に放り込まれた手ぬぐいになった気分だよ」

しかめっ面で言い返したら、「そりゃいいや」と六助が笑う。藍染めは丈夫で日焼けに強く、職人や百姓が好んで着る。それくらいは綾太郎だって知っていた。

「けど、みんな揃って紺というのはあまりにも芸がないんじゃないかい。ちょいと変えて浅葱《あさぎ》にしようとか、甕覗《かめのぞき》にしようっていう洒落者《しゃれもの》はいないのかねぇ」

一口に「藍染め」と言っても、染める回数と時間によって色合いは異なる。甕覗、水浅葱、浅葱、納戸《なんど》、縹、紺――名前が変わるに従って、色がだんだん濃く青くなる。

「衿《えり》と背中に屋号を入れても、横から見たら同じじゃないか。いっそ色を変えたほうがよほど目立つのにさ」

小声でケチをつけたところ、古着屋の主人が噴き出した。

「若旦那にとっちゃ、きものは洒落着ですからねぇ。けど、俺らのような貧乏人には身を守るためのもんなんでさ」

藍染めは染めれば染めるほど、色が濃く、生地が丈夫になる。だから、仕事で使うには紺がいいのだと六助が言った。

「藍染めは切り傷の血止めになるし、まむし除《よ》けや虫除けにもなる。丈夫な上に火にも強いから火消しの袢纏も藍染めだが、どれも決まって紺色だ。命と暮らしがかかっていれば、洒落っ気なんざ二の次でさ」

考えの浅さを指摘されて心の中で冷や汗をかく。だが、素直に認めるのが癪《しゃく》で、そっぽを向いて言い返した。

「あいにくあたしが見立てるのは、女のきものばかりでね」

「確かに、大隅屋で袢纏を見立ててもらおうって野郎はいねぇや」

六助はそう言って笑ってから、改めて綾太郎を見た。

「ここは絹物を着た客が来るような店じゃねぇんでさ。大盛りの飯に味噌汁《みそしる》とおかず、漬物もついて三十五文《もん》だ」

「それで儲《もう》けが出るのかい」

他の客の膳を見てつい聞き返してしまう。並みより大きなどんぶりには山のように飯が盛られているし、おかずの煮しめだってずいぶん量がある。これで蕎麦二杯分の値段とたいして変わらないなんて、果たして商売が成り立つのか。

「儲けが出ていなかったら、とっくに店が潰れてやす。けど、お糸ちゃんに贅沢をさせられるほど儲かってはいねぇはずだ」

どうやら薄利多売でなんとかやっているらしい。そのうち「お待ちどおさま」と声がして膳が置かれた。

「あの、若旦那の分はご飯を少なくしてあるんです。もし足りないようだったら、おっしゃってくださぃ」

なるほど、六助のどんぶりに比べて自分の分は山が低い。きっと、この店でどんぶり飯を残す客はいないのだろう。綾太郎は礼を言った。

「減らしてくれて助かったよ。実は二日酔いで食欲がないんだ」

「え、それじゃ」

どうして来たんだと言われる前に右手を振って言いつくろう。

「いや、その、一度こういう店に来てみたかったから。気にしないで、うん」

自分でも何を言っているのかわからなかったが、忙しいお糸は深追いせずにさっさと向こうに行ってくれた。その後、せっせとどんぶり飯を食べ続けたが、なかなか中身が減ってくれない。

「若旦那、残さないでくだせぇよ」

「言われなくてもわかってるよ」

あっという間に食べ終えた六助に急かされ、目をつり上げて言い返す。綾太郎がもたもたしているうちに、他の客はどんどん入れ替わった。お糸はくるくると働きながら、店の表を気にしている。

「おとっつぁん、あとどのくらい残っているの」

「飯より煮しめがなぁ。三人前ってとこか」

「そう」

そろそろ八ツ（午後二時）になる頃だし、この混み具合なら無理もない。新たに入って来る客も目に見えて少なくなっていた。

にもかかわらず、お糸は表を気にし続ける。いったい何で……と思いかけて、すぐにああと思い当たった。きっとお糸は余一が来るのを心待ちにしているのだ。早く来てくれないと料理がなくなる。そう思ったら、じっとしていられないのだろう。

やっぱり自分が睨んだ通り、余一はお糸に冷たいようだ。女はつれない男に熱を上げるというけれど、あんな奴のどこがいい。綾太郎は束《つか》の間《ま》考え、すぐに不愉快な結論に達した。

この店に来る客はみな似たような恰好をしている。そのせいで姿かたちの良し悪《あ》しがことさら際立ってしまうのだ。店の手伝いに追われるお糸は、顔だけ見て余一がいいと思い込んだに違いない。

「若旦那、ため息をついていねぇで早く食ってくだせぇ」

知らぬ間に考え込み、箸《はし》が止まっていたらしい。再び六助にせっつかれ、綾太郎はふてくされた。

料理はよろず味わって、嚙み締めて食べるものだろう。ゆっくり食べて何が悪いと真顔で訴えれば、

「ここで飯を食う連中は時間に追われているんでさ。味わったり、嚙み締めたりしている暇にさっさと胃の腑《ふ》に入れねぇと。それにあんまり長居をされちゃ、店だって迷惑なんですぜ」

苦笑交じりの言い分に綾太郎は口を尖らす。そして、お糸が背を向けている隙《すき》に自分と六助のどんぶりを入れ替えた。

「あれ、そういうことをするんですかい」

「どうせあたしが払うんだろ」

文句があるかと横目で睨めば、六助がどんぶり飯をかき込み始めた。

六

「今日の八ツ半（午後三時）に神田明神まで来てください」

六助を供にしてだるまやに通って五日目、勘定を払った綾太郎はお糸からそっと耳打ちされた。

「若旦那、どうしやした」

「あ、ああ、何でもない。それじゃ、ごちそうさま」

何食わぬ顔で返事をして、店の前で六助と別れる。まだ八ツ（午後二時）前だから早過ぎるが、先に行って待っていよう。

六助は最初、お糸の店と素顔を知れば綾太郎が諦めると思ったらしい。確かに男だらけの店内にはびっくりしたし、お糸の態度にも面食らった。

しかし、すぐさま男に媚びないところが好ましいと思い直した。帰りがけに差し出した心付けをお糸が受け取らなかったからだ。

――遠慮しなくていいんだよ。長居をしてしまったんだから。

――いいえ、特別なことをしていないのに、こういうものはいただけません。

器量よしの看板娘はもらう謂《いわ》れのないものをすべて断っているらしい。このまま薄汚れた藍甕の中でくすぶらせておくのは、あまりにももったいない。お糸だってかなわぬ思いに捕らわれてあたら時間を無駄にするより、自分と夢を見たほうがいい思いができるだろう。

とはいえ、この藍甕にひとりで通うのは難しい。そこで「昼飯をおごる」と言って、がめつい古着屋の主人を抱き込んだ。

その間、だるまやで余一を見たことはない。よりによって綾太郎にお糸の気持ちが移ったと知ったら、どんな顔をするだろうか。ぜひともこの目で見たいものだと心の中でほくそ笑む。

お糸はこのところ木綿《もめん》の藍染めで子持ち菱格子《ひしこうし》の袷を着ている。自分と付き合い始めたら、もっといいきものを誂えてやろう。

初めて見たときに着ていた淡い色も似合うけれど、この前、唐橋が着ていたような唐紅も捨てがたい。ああいう鮮やかな色は着る人を選ぶ。よほどの器量自慢でないと衣装に食われてしまうのだが、お糸ならば大丈夫だ。

この時刻、神田明神の境内《けいだい》に娘は大勢いるものの、容姿でお糸に勝《まさ》るものは誰ひとりいなかった。自分が見立てたきものを着れば、さぞかし人目を引くはずだ。心を弾ませながら待つことしばし、お糸が息を切らして神田明神の石段を上がって来た。

「若旦那、お待たせしてすみません」

「いや、気にしなくていいよ」

こっちも負けずに汗をかき、何度も首を左右に振る。お糸は周囲の目をはばかるように、大きな木の陰に回り込む。さぁ、ここからが肝心だと綾太郎が唾《つば》を呑むと、思い詰めた表情でお糸のほうから口火を切った。

「あの、若旦那はどうしてうちに通ってくれるんですか」

「えっ」

「違っていたら恥ずかしいんですけど……若旦那はあたしを気に入って、だるまやに来てくれるんですか」

単刀直入に聞かれてしまい、思わず顔が熱くなる。こういう流れは予想外だが、今

さら照れても始まらない。ここは一番男らしく「そうだ」と断言しなければ。腹をくった綾太郎が大きく息を吸い込んだとき、

「でも、あたしと若旦那じゃ身分が違います。それに、若旦那には許嫁がいらっしゃるんでしょう。だから、もう来ないで欲しいです」

こっちの返事を待つことなくお糸は一息に言う。

綾太郎は瞬《まばた》きをした。

もう来るなということは、会いたくないということか――一膳飯屋の娘ごときに振られたのだとわかったとたん、激しい怒りがわき起こった。

わざわざそれを言うためにこんなところへ呼び出したのか。大店の若旦那が料理目当てでだるまやに通うはずはない。きっと目当ては自分だと察しがついて当然だが、こっちが何も言わないうちから断らなくてもいいじゃないか。

かくなる上は、絶対に「好きだった」なんて言うものか。かわいさ余って憎さ百倍とは、こういう気持ちを言うのだろう。

「な、なに見当違いなことを言ってんだい。あたしは六助に頼まれて飯を食いに行っていただけじゃないか。大隅屋の跡継ぎが一膳飯屋の娘に惚れたりなぞするもんかい」

眉をつり上げて言い返せば、お糸の顔が真っ赤に染まる。その表情が六助の長屋で余一を見つめていたときを思い出させた。

報われないと知りながら、諦めきれずに思い続ける――お糸がそういう娘だから惹《ひ》かれたにもかかわらず、まさか自分が振られるなんて夢にも思っていなかった。

傷ついた矜持《きょうじ》を隠すため、綾太郎はわざと笑みを浮かべる。あたしはこんな馬鹿な娘に惹かれてなんかいやしない。ちょっと器量がいいからって、自惚《うぬぼ》れるのもたいがいにしろ。

「もっとも、そんな思い違いをするくらいだから、あんな男を思っていられるんだろうけどね」

「あ、あの」

「自分のような器量よしなら、いつか余一もその気になる。そう思っているんだろう。でもね、あいつは人より古着が大事っていう偏屈な男だ。大年増《おおどしま》になってから後悔したって知らないよ」

「あたしは」

「ああ、そうか。さては、余一に誤解されるのが嫌で、あたしをこんなところに呼び出したんだね。そんな心配するだけ無駄さ。奴はおまえさんのことなんて何とも思っていないんだから。勘違いもほどほどにしないとみっともないよ」

相手の言葉を遮って嫌味たらしく続ければ、うるんだ瞳で睨まれる。その目に吸い込まれそうな気がした刹那《せつな》、お糸が声を振り絞った。

「……みっともなくたって構いません」

「なんだって」

「余一さんが、あたしのことなんか何とも思ってないことくらい……若旦那に言われなくても知ってます」

「だったら、もう」

諦めればと言いかけたら、相手の声がかぶさった。

「何べんも諦めようと思いました。おとっつぁんだって反対しているし、この先思い続けたって望みはないかもしれないって。それでも、あたしは好きなんだもの。たとえ一緒になれなくても、あの人しか好きになれないもの。たとえみっともなくたって、勝手に思うことくらい見逃してくれてもいいでしょうっ」

早口で言い切って、お糸は走り去る。綾太郎はその場に立ちすくみ、投げつけられた言葉を味わう。昇った血が下がってくると、なんとも後味が悪かった。

——あたしは金のからんだ色恋なんて興味がないんだ。

そう言っておきながら、お糸が自分を選ぶなんてどうして思っていたのだろう。お糸が余一に抱く思いを本当の恋というのなら、たぶん自分は永遠に本当の恋なんてできやしない。世間に何と思われようと損得抜きで思い続ける。そんな割に合わないことは最初《はな》から無理な相談だ。

――たとえみっともなくたって、勝手に思うことくらい見逃してくれてもいいでしょうっ。

あんなことを言われたら、こっちはしっぽを巻くしかない。まぶたに焼き付いた後ろ姿に「悪かったよ」と呟いた。

七

「若旦那、女をものにしようと思ったら、何よりも粘りが肝心ですぜ。男の本気を見せるには、一押し、二押し、三に押しですって」

だるまやに足を向けなくなって三日が過ぎると、六助が大隅屋に押しかけて来た。何とかしてただ飯にありつきたいという魂胆からだろう。最初の言いぐさはどこへやら、綾太郎の部屋に座り込んでしつっこく言い募る。

その気の失《う》せた綾太郎は冷めた目で見下ろした。

「おまえさんだって真面目に商いの手伝いをしろって言っていたじゃないか。そんなにだるまやに行きたいなら、余一でも誘って行ったらどうだい。お糸ちゃんが喜んで、おかずをおまけしてくれるよ」

「ところがどっこい、野郎が行くとだるまやの親父が不機嫌になる。第一、余一はおごってなんかくれやせん」

顔の前で手を振られ、意外な思いで目を見開く。そういえば、お糸も「おとっつぁんだって反対している」と言っていた。父親にしてみれば、店を継げる男を婿に望んで当然だ。

「それに若旦那が行かなくなってから、お糸ちゃんも元気がねぇんですぜ。急に行かなくなったもんだから、きっと心配しているに違いねぇ。へへ、今度の恋占《こいうら》は脈ありだと出やしたよ」

六助は下卑《げび》た笑みを浮かべ、幇間《ほうかん》よろしく額を叩く。だが、事情を知っている綾太郎が真に受けるはずもない。

「とにかく、あたしはもう二度とだるまやになんか行かないよ」

「だったら、他の店でもかまいやせん。なんなら、鰻《うなぎ》なんかいかがでしょう」

六助が調子のいいことを口にしたとき、「若旦那」と障子のむこうから声がかかった。

「店先にお客様がいらしていますが、どうしましょう」

「わかった。すぐに行くよ」

しつこい古着屋を振り切って、急ぎ足で廊下を進む。きっときものを見立てて欲しい娘客だと思っていたら、

「若旦那、ちょっと付き合ってもらえやせんか」

待っていたのは、いつにもまして機嫌の悪い余一その人だった。

伊勢屋稲荷《いなり》に犬の糞――と広く世間で言われるくらい、稲荷社は江戸のあちこちにある。殺気立った余一に近所の聖天稲荷《しょうでんいなり》裏まで連れてこられた綾太郎は、相手の狙いを測りかねていた。

自分で言うのも癪だけれど、余一はこっちのことなんて何とも思っていないはずだ。わざわざ訪ねて来るなんて、いったい何があったのか。身構えながら「何の用だい」と切り出せば、余一はさらに目を尖らせる。

「それくらいわかっていなさるはずだ」

「あいにく、わからないから聞いているんだ。もったいぶらずにさっさとお言いよ」

相手の言い方が気に入らず、言い返してから気が付いた。

「ひょっとして、お糸ちゃんのことかい」

「……他に何があるってんだ」

素直に認めればいいものを余一はいよいよもったいをつける。苦虫を噛み潰したような顔を見て、わざと眉を撥《は》ね上げた。

「お糸ちゃんのことなら、本人に聞けばいいだろう。なんであたしのところに来るのさ」

「あの子に、何をしたんです」

「はあ？」

「あんたがあの子にちょっかいを出していたのは知っていやす。だが、あの子は金持ちのお遊びに付き合えるような子じゃねぇんだ。本気で一緒になる気がないなら、半端な誘いをかけねぇでおくんなせぇ」

怒りを押し殺したような口ぶりに綾太郎は目を瞬く。どうやらこの男も六助と同じような見当違いをしているらしい。

お糸は綾太郎を思ってふさいでいるのではない。「余一はおまえのことなんて何とも思っていない」と言われたせいで、落ち込んでいるに決まっている。そう思ったら、目の前の朴念仁《ぼくねんじん》に腹が立ってきた。

わざわざ通町まで文句を言いに来る暇があるなら、すぐ近くのだるまやに寄ってお糸に笑ってやればいい。そうすればお糸は元気になって、花のような笑顔を見せるに違いない。今まで放っておいたくせに、他人にちょっかいを出されたと知ってとやかく言うとはなにごとだ。

「親兄弟ならいざ知らず、赤の他人に指図される覚えはないけどねぇ。おまえさんはあの子と言い交わした仲なのかい」

「いや」

「だったら、男女のことに口出ししないでもらおうか。お互いもう子供じゃないんだ。馬に蹴られて死にたいのかい」

思わせぶりなことを言えば、余一の顔から血の気が引く。その反応の激しさにいささか面食らっていたら、

「……子供じゃねぇから、まずいんだろうが」

「え」

「あんたには許嫁がいるんだろう。一膳飯屋の娘が大隅屋の御新造に納まれるはずが

ねぇ。金に飽かせてその気にさせて、飽きたらぽいと捨てる気かよ」

言葉遣いだけは丁寧だった男が荒々しく吐き捨てる。その怒気の激しさに綾太郎は息を呑んだ。

「あんたはちったぁまともかと思ったが、とんだ眼すりだったらしい。別れちまえばそれっきりの男と違って、やることをやりゃあ女は孕《はら》む。腹に子供ができちまったら、なかったことにはできねぇんだぜ。あんたは自分の惚れた女に生涯消えねぇ重荷を背負わせる気か」

「そ、そんなことを言うのなら、どうしてお糸ちゃんを放っておくのさっ」

相手の勢いにすくみながら、足を踏ん張り言い返す。すると、余一が我に返ったような顔つきになった。

「なんであたしがおまえさんに文句を言われなくちゃならないんだい。お糸ちゃんの元気がないのは、そっちのせいだってのに」

「どういうこってす」

「だから、お糸ちゃんのことはお糸ちゃんに聞けって言ってるだろ。あたしが教えてやる義理などないよ」

せめてもの意趣返しで意地を張ったら、余一は無言でこっちを見ている。「話すまでここを動かない」と言わんばかりの気迫に押され、綾太郎は肩を落とした。

「あたしは三日前、あの子に振られちまったんだ。そのとき、ちょっと意地悪を言っただけさ」

「それで、どうしておれのせいになるんです」

納得いかないと言いたげな相手をここぞとばかりに睨んでやった。

「あたしは『店に来ないで欲しいっていうのは、余一に誤解されたくないからだろう』って言ったんだよ。ついでに『奴はおまえさんのことなんか何とも思っていない』ともね」

言われた内容がよほど思いがけなかったのか、余一はめずらしく呆然《ぼうぜん》としていた。この間抜け面が見られただけでも、お糸にちょっかいを出した甲斐はある。綾太郎はそう思うことにした。

「まったく馬鹿馬鹿しいったら。相惚《あいぼ》れなら、さっさとくっつくいちまいなよ。だるまやの客には、あの子に思いを寄せている野郎だって大勢いるんだからね。はっきりさせてくれないと、傍《はた》迷惑ってもんさ」

どうやら、かなわぬ恋に涙するのはお糸ではなかったらしい。あてつけがましく文句を言えば、余一が低い声で言った。

「……若旦那、男女のことは口出し無用なんでしょう」

言った言葉を言い返されて、眉間が狭くなるのがわかる。どうしてこの男はいちいち素直じゃないんだろう。

「おまえさんなんかのどこがいいんだか。お糸ちゃんは見る目がないよ」

「そいつぁ、おれも同感でさ」

余一はそう言って、首から下げた守り袋を握りしめる。そして軽く頭を下げると、踵《きびす》を返した。

「ちょいと、まだ話は終わっていないよ」

綾太郎が呼び止めようとしたら、「今日はこのくらいで勘弁してやってくだせぇ」と背後から声がする。振り返ると、六助が立っていた。

「なんでおまえさんがここに」

「なんでってなぁ、ひでぇ。野郎が来る前に若旦那と話をしていたのは、俺のほうじゃありやせんか」

どうやら来客が余一と知って、後をつけてきたようだ。だったら、もっと早くに声をかけるべきではないか。黙って立ち聞きをしているなんて人が悪いというものだ。

それにしても、どうして余一はお糸の思いを受け入れないのだろう。一膳飯屋の娘ときもの始末の職人なら、身分違いがどうのと騒ぐほどでもないはずだ。

するど、六助が「世の中、いろいろあるんでさぁ」と呟いた。

八

「ささ、あやさま」

「なくした恋の痛み消しには、酔って騒ぐのが一番でありんす」

「はいはい、お気遣いありがとうよ」

四月も終わりに近づいた頃、綾太郎はまたもや唐橋の豪華な座敷で振袖新造に酒を注がれていた。いったいどこから聞きつけたのか、「ぬしさまの傷心をお慰めするため、今晩一献差し上げたい」という唐橋の使いが来たのである。

正直言って気が重かったが、断わるのはもったいない。唐橋が大隅屋できものを誂えるようになれば、何にも勝る宣伝になる。ならば平吉を誘おうかとも思ったけれど、呼ばれた理由が理由である。どうせいいようにからかわれると思ったら、声をかけそびれてしまった。

「それにしても、誰から今度の顚末《てんまつ》を聞いたんだい。余一が話すとも思えないし、ひょっとして六助か」

他にはいないと決めつければ、唐橋がはぐらかすように首を振った。

「女郎は身体の自由がきかぬ分、耳だけは聡《さと》いものざます。けんど、ほんにうらやましいこと」

「誰がさ」

「無論……あら、雛菊、小鶴、お酒が足りぬではありんせんか。気が利かぬこと。早うもらって来なんし」

答えかけた花魁は振袖新造に用を言いつける。二人が「あい」と言って立ち上がると、綾太郎をじっと見た。

「今晩、あやさまから改めて話をうかがって思いんした。お糸さんはまるで藍染めのきもののようざますなぁ」

「それじゃ、うらやましいって言ったのは……」

あまりに思いがけなくて、綾太郎は言葉を詰まらせた。西海天女の異名を取る吉原一の売れっ子が、惚れた男につれなくされる一膳飯屋の娘をうらやましいと言うなんて。

どれほど高位の花魁でも所詮は売り物買い物だ。堅気《かたぎ》の娘をうらやむ気持ちはわからないではないけれど、唐橋ほどの花魁なら思う男に冷たくされて泣くようなことはないだろう。そう綾太郎が尋ねると、唐橋の口元がほんの少しほころんだ。

「あやさまは、なぜ職人が藍染めの袢纏や股引を身に着けるか、訳をご存じでありんしょう」

「当たり前だろ。藍染めは染めるほど丈夫になるし、切り傷や虫刺されにも効く。だから、火消しや職人、百姓が仕事着にするんじゃないか」

にわか仕込みの知識をえらそうに披露すると、唐橋がうなずいた。

「あい。しかも洗えば洗うほど、色が鮮やかになるんざます」

「それで、どうしてうらやましいのさ。女なら野良着や袢纏より、花魁が着ているような豪華な打掛に憧《あこが》れるものじゃないのかい」

今日の唐橋は黒地に鴛鴦が刺繡《ししゅう》された打掛を着ている。その見事さに見入っていたら、花魁の顔に影が差した。

「これぇな恰好をしていては、一番《いっち》肝心なところで寄り添うことはできんせん」

人が最も本気になるのは、働いているときである。我が身を忘れて働くために、その身を守るきものが必要になる。着ている人の代わりに傷つき、擦り切れ、汚れ、焼け焦げる。そのたびに洗い、繕《つくろ》い、着続けて、死ぬまでそばから離れぬもの——それが藍染めのきものだと唐橋は言った。

「わっちら女郎は派手な錦《にしき》、客が必死で稼いだ金を湯水のように使わせて……相手が尾羽《おは》打ち枯らしたら、別れを告げるだけざます」

けれど、お糸のような娘は相手が一番苦しいときにそばについているはずだ。どれほど自分が傷つこうとも生涯離れないだろう。

「売り物買い物のわっちらは、『みっともなくても構わない』など言えるものではありんせん。余一さんは果報者でござんすなぁ」

そう言って悲しげに微笑《ほほえ》んだ唐橋の背中で七色の鴛鴦が仲睦《なかむつ》まじく並んでいる。この打掛も大金持ちの馴染みから贈られた物だろう。だが、豪華な品の贈り主の中には、親からもらった身代を潰した者もいるかもしれない。

たぶん、お糸も唐橋も元はそれほど変わらないのだ。染められた場所の違いによって、大きく違ってしまっただけで。返事をせずにうつむけば、「あやさま」と唐橋に呼ばれた。

「実は、小鶴が六月に突出《つきだ》しをすることになりんした。よかったら、馴染みになっておくんなんし」

「ずいぶん急な話だね」

「八重垣さんの身請けで、急ぐことになりりんした」

何気ないその一言に綾太郎は目を見開く。突出しとは一人前の女郎として客を取るようになることを指す。西海屋は、売れっ子の八重垣が抜ける穴を小鶴に埋めさせるつもりなのだ。

今にして思えば、八重垣が身請けを承知したのは平吉のためでもあったのだろう。このまま散財を続ければ、親に愛想を尽かされると案じた結果に違いない。平吉と一緒に逃げたいなんて、たぶん思ってはいなかった。八重垣もまた吉原で染められた豪華でもろい打掛だから。

——たとえみっともなくたって、勝手に思うことくらい見逃してくれてもいいでしょうっ。

唐橋が口にした通り、なるほどお糸は藍染めのきものだ。しかも、糸から染めあげた極上ものの紺色だ。汚れることも傷つくこともこれっぽっちもいとわずに、働く男に寄り添って相手を支えて生きていく。

そして洗うたびに色が冴《さ》え、繕うごとに強くなる。そんな娘に思われて、生粋《きっすい》の職人が惹かれないはずはない。

「職人に藍染めの袢纏は欠かせないからね」

「あい、さようさ」

綾太郎と唐橋は目を見交わしてうなずき合った。

魂結び
たまむすび

一

「ちぇっ、朝から雨とはついてねぇ」

五月五日の六ツ半（午前七時）過ぎ、六助は長屋の軒下から空を見上げて舌打ちした。五月五日に入れば雨が降っても仕方がないが、今日は晴れて欲しかった。端午《たんご》の節句は子供の無事や成長を祈るだけのものではない。

「今日から単衣《ひとえ》に替わるってぇのに。土手の柳や田んぼの蛙《かえる》は大喜びかもしれねぇが、こっちは口が干上がっちまうぜ」

柳原の土手で古着屋を営む六助の客は貧しい。ろくな蓄えがないために予想外の出費があれば、さしあたって使わない家財道具をかき集めて質屋に持ち込む連中ばかりだ。その後、請け出す工面《くめん》がつかないまま流れることも多いので、年に数回の衣替《ころもが》えは大事な書き入れ時である。

商売熱心とは言い難い六助ですら、今日は見世《みせ》を開く気だった。それに自分の都合で休むのと、休まざるを得ないのとでは気分が違う。

「この空模様じゃ、当分やみそうもねぇじゃねぇか。端午だか、団子だか知らねぇが、縁起が悪いったらありゃしねぇ」

勢い愚痴が長くなるのは、床《とこ》見世商いの悲しさだ。天気に左右されないちゃんとした店と違い、筵《むしろ》がけの床見世は雨が降ったらおしまいである。おまけに古着商いは雨がやんでも油断がならない。地べたの泥を撥《は》ね上げられて売り物が汚れたら、元も子もなくなってしまう。

人がたまにやる気を出すとこの始末だからやり切れねぇ――聞く人のないぼやきを言って、畳の上に寝転がった。

それでなくても雨の日は昔のことを思い出す。初めて押し込みの手伝いをしたのも雨が降っている晩だった。若造だった六助は、表の見張りを命じられて木戸の脇で震えていた。

――雨は物音を消してくれる。夜回りだって先を急ぐから、ろくに周りを見やしねえ。最初の仕事で雨が降るとは、おめぇはなかなか運がいいぜ。

黒装束を身に着けた頭《かしら》はそう言ったけれど、本当に運がよかったら、盗人《ぬすっと》になんかなるものか。頭の隅をかすめた思いを口には出さずにうなずいた。そして裏の稼業に馴染《なじ》むうち、いつしか雨が好きになった。

やましい暮らしをしていると、空の青さが目に痛い。そのせいだろうか、当時で覚えていることに晴れはほとんど出て来ない。

そんな自分が雨を嘆いているのだから、人というのは変わるものだ。しかし、変わってよかったと六助は思っている。

お天道様を待ち望むのは、たぶん堅気《かたぎ》の証《あかし》なのだ。土手の古着屋はもちろん、大工や行商人、大道芸人だって天気が悪いと商売にならない。余一も今頃はため息をついているだろう。洗い張りや染め直しは晴れていないとできやしない。とはいえ、奴のことだから、仕立て直しでもしているか。

お糸の思いが深いと知って、余一はだるまやに行かなくなった。余一は自分を疫病神だと思っているから、相手を大事に思うほど黙って遠ざかろうとする。

だが、綾太郎のちょっかいだけは見過ごすことができなかったらしい。通町の大店《おおだな》が一膳飯屋の娘を嫁に迎えるはずがない。

――しっかりもんのお糸ちゃんだ。十分わかっているとは思うが、なにしろ若旦那が熱心だからよぉ。

思わせぶりなことを言えば、たちまち余一の顔色が変わった。そんな顔をするくらいなら、さっさとお糸とくっついちまえ――思わず喉《のど》まで込み上げたが、結局口にはしなかった。

正真正銘の疫病神は、他人が不幸になったところで自分のせいとは思わない。気の毒そうな顔の裏で、してやったりと舌を出す。余一にそんな真似《まね》ができないことは誰よりもよく知っている。余一がほんの餓鬼の頃から近くで見ていたのだから。

――おまえは疫病神じゃねぇ。ちゃんとしあわせになれるんだ。

そう言ってやりたい一方で、このままでいてくれとも思ってしまう。道を踏み外した自分と違い、余一の両手は汚れていない。誰にはばかることなく人並みのしあわせを望むことができる。二十も年上の昔馴染みは、怖気《おじけ》づいている男の背中を押してやるべきなのだろう。

頭ではちゃんとわかっていても、いつも土壇場で迷いが生じる。

若い余一には将来《さき》がある。お糸と所帯を持てば、すぐに子供もできるだろう。気立てのいい女房にかわいい我が子――自分が得られなかったものを余一はこれから手に入れる。

それがくやしい、妬《ねた》ましいといい年をして思うのは、足を洗ったといったところで所詮《しょせん》悪党だからなのか。

「……こうじめじめしていると、変なもんが湧《わ》いてきそうだ」

雨が多いこの時期は商売もののきものにカビが生えやすい。低い声で吐き捨てたとき、「六さん、いるかい」と腰高障子の向こうから声がした。

「誰でぇ」

「あたしですよ。安蔵《やすぞう》です」

何の気なしに問い返し、返事を聞いて固まった。

居留守を使えばよかったと後悔してももう遅い。さっそく湧いて出やがったかと六助は再び舌打ちをした。

二

久しぶりに会う相手は、雨だというのに大きな風呂敷包みを担いでいた。足元は当然泥まみれで、傘の下からはみ出した風呂敷包みも濡《ぬ》れている。六助が無言で手ぬぐいを差し出すと、相手はきものと手足を拭《ふ》いて屈託のない笑みを浮かべた。

「ずいぶん無沙汰《ぶさた》をしちまったけれど、変わりはないかい」

「変わりがねぇのはおめぇさんのほうだろう。今さら俺に何の用だ」

苛立《いらだ》ちを露《あら》わに問い返しても、安蔵は実直そうに見える顔に穏やかな表情を浮かべている。ごくありふれた棒縞《ぼうじま》の単衣に唐桟《とうざん》の帯をきっちり締め、月代《さかやき》を狭くしてわざと野暮《やぼ》らしく見せている。風呂敷包みを背負って雨の中を歩く姿はどこからどう見ても生真面目《きまじめ》なお店者《たなもの》に見えただろう。

けれど、その正体は「白鼠《しろねずみ》の安蔵」と呼ばれる年季の入った悪党だ。白鼠とは身を粉《こ》にして働く忠義の奉公人を意味する。安蔵の見た目と口先にまんまと騙《だま》された店の主人は、命が残ればましなほうだ。

足を洗ったとは聞いていないし、傘で顔を隠せる日に訪ねて来るくらいである。それともこっちの商売が休みのときを狙《ねら》ったのか。いずれにしてもろくな用ではないだろうと六助が身構えれば、安蔵は苦笑した。

「いろいろと積もる話もあったんだがね。歓迎されていないようだし、さっさと本題に入ろうか」

そして、濡れた風呂敷包みから油紙で幾重《いくえ》にも包んだきものや帯を取り出した。

「何度か袖《そで》は通したようだが、まだ新しい京友禅に西陣の帯か。おっと、こっちは舶来《はくらい》かよ」

「どうだい、なかなかのもんだろう」

「どれも結構な代物で床見世商いには分不相応だ。もっと構えの大きい質屋か古着屋に持って行ってくんな」

「意地の悪いことを言うんじゃねぇよ。ところ構わず持ち込めない品だから、おまえさんを頼って来たんじゃないか」

爪《つめ》の先ほども悪びれずに安蔵が言う。六助はおもむろに腕を組んだ。

「そういや、両国の質屋が有り金どころか蔵の中までやられたんだってな。死人はいねぇという話だが」

ひと月前、米沢町の大貫屋《おおぬきや》という質屋に押し込みがあった。きっとそれだと思ったのだが、あいにく相手は乗って来ない。

「おめぇさんが人を殺さず、金以外に手を出すなんてめずらしいことをしたもんだ。そこから足がつくってんで、避けていたんじゃねぇのかい」

「……金箱の中身がてんでしけていやがったのさ。何かで帳尻を合わせねぇと仲間が承知しねぇからな」

いきなり安蔵の口調が変わり、凶暴な影が顔に浮かぶ。やっぱりそういうことだったかと六助は納得した。

きものは金に比べれば足がつきやすいとはいえ、書画骨董《こっとう》よりは売りさばきやすい。似たような柄がごまんとあるし、仕立て直すこともできる。加えて壊れにくいから、まとめて盗み出しやすい。

しかし、特に値の張る豪華なものほど足がつくのが難点だ。高価なきものが盗まれれば、めぼしい質屋や古着屋には詳細を記した手配書がいく。また分不相応な品を持ち込むと、その出所を怪しまれる。

六助が古着屋になったのだって、元はと言えば盗品を売りさばくためだった。けれども、それは昔のことと相手を見る目に力を込める。

「俺はとうに足を洗った。こんな豪勢なきものや帯はとてもじゃねぇが扱いきれねぇ。悪いが、他所《よそ》を当たってくんな」

できれば穏便にすまそうと、すまなそうな声を出す。安蔵は眉《まゆ》を撥ね上げたが、すぐに笑って手を振った。

「こういう奢《おご》った品だから、ここに持ち込んだんじゃねぇか。おめぇさんならそいつを別なもんに仕立て直して、売り飛ばすことができるだろう」

「あいにく、俺は仕立て直して屋じゃねぇ」

「誰がおめぇさんにやれと言ったよ。知ってんだぜ、若くて腕のいい野郎が知り合いにいるんだってなぁ。古着なんざ直しているより、俺の仲間になったほうが腕の振るい甲斐《がい》もあるだろう」

余一のことをほのめかされ、奥歯をぎりりと嚙《か》み締める。どうやらむこうは初めからそれが狙いで来たらしい。冗談じゃねぇと思いつつ、こわばる口の端を引き上げた。

「せっかくだが、野郎は高価なきものより擦り切れたきものを繕《つくろ》うほうが好きだっていう変わりもんだ。こういう奢ったもんは奴の手に負えねぇよ」

「こいつぁ御謙遜《ごけんそん》だ。唐橋花魁《おいらん》の打掛だって扱っているというじゃねぇか。この友禅を染め直して別のものにするくれぇ、朝飯前だと思うがなぁ」

余裕たっぷりにうそぶかれ、こめかみのあたりが細かく引きつる。ひょっとすると、余一の住まいもすでに知られているのだろうか。内心冷や汗をかいていると、むこうはえらそうにふんぞり返った。

「噂《うわさ》じゃそいつの親方も神がかった腕前だったらしいな。根っから堅気という訳じゃなし、昔のよしみで手を貸したって罰《ばち》は当たるめぇ」

「勝手なことをぬかすんじゃねぇっ。奴は根っから堅気なんだ」

余一の育ての親方は、自分は悪事に手を貸しても余一の手だけは汚さなかった。むきになって言い返せば、安蔵が人好きのする笑みを浮かべる。

「そう怖い顔をしなさんな。これ一回こっきりだ」

「そんな話が信用できるか。とっとと帰《けえ》りやがれっ」

間髪を容《い》れずに立ち上がると、同じく相手も立ち上がった。

「人が下手《したて》に出りゃ、ずいぶんな口を叩くじゃねぇか。おめぇだってお縄になれば、島送りは避けられねぇ身だ。足を洗ったの、堅気のと、えらそうに言える立場かよ」

野暮なことを言わせるなと露骨に脅しをかけられる。追い詰められた六助は恐怖と怒りを呑《の》み込んだ。

安蔵が余一の腕を知れば、けっして手放さないだろう。言いなりになるつもりはないが、腕ずくでこられたら勝ち目はない。相手の機嫌を損ねずにどうやってこの場を収めるか。眉間《みけん》に力を入れた刹那《せつな》、いまだかつてない痛みが襲った。

「いてっ、いててて、いてえぇっ」

「お、おい、急にどうした」

頭が割れるように痛みだし、こらえきれずに両手で抱える。安蔵は束《つか》の間《ま》面食らっていたものの、すぐにせせら笑った。

「いい年をしてふざけるのもたいがいにしな。仮病でごまかされるような俺じゃねえ」

「ち、ちが……う、うあぁぁぁっ」

あまりにも突然だったのでむこうは仮病と思ったらしい。だが、こっちは息をするたびに、眉間に釘《くぎ》が打ちこまれるような激しい痛みを感じるのだ。他人の目など構っていられず、畳の上を転げまわる。呻《うめ》きっぱなしの口からは涎《よだれ》がこぼれ、獣のような息遣いが部屋に満ちる。

尋常ではない苦しみ方に疑《うたぐ》り深い安蔵も本物だと悟ったらしい。持ち込んだきものや帯をまとめて後ろも見ずに長屋を出る。

そして、腰高障子が勢いよく閉まる音が聞こえたとたん、

「……あ、あれ」

嘘のように痛みが治まり、両手をそろそろと頭から離す。肩で息をしながら上体を起こしてみたが、割れるような頭の痛みが再び起こることはなかった。

「今のは……何だったんだ」

始まりも終わりも唐突過ぎて、ひどく気味が悪かった。面倒を嫌った安蔵が逃げ帰ってくれたのは助かったけれど、今の痛みは何だったのだろう。

――ひょっとして、野郎が持ち込んだきものに変なものでも憑《つ》いていたのか。

嫌な考えが頭をよぎり、寒くもないのに身体が震えた。

不本意ながら六助はこの世のものでないものが見えたり、声が聞こえたりしてしまう。それが裏の仕事から足を洗うきっかけとなった。

身に着けるきものや愛用品は持ち主の思いがこもりやすい。それを無理やり奪われれば、怪異が起こっても不思議はない。今ではそう思えるものの、最初のうちは大変だった。ある日突然、盗品のきものの山から怨《うら》みの声が聞こえ出し、自分はおかしくなったのかと本気で思い悩んだものだ。

このままでは気がふれる。それとも、取り殺されるのか――恐れおののいた六助がただの古着屋になれたのは、余一の親方のおかげである。その恩に報いるためにも、余一を裏の仕事に引っ張り込むことはできなかった。

何が何だかわからないが、とにかく嵐は過ぎたのだ。腹の底から息を吐き出し、口元の涎を手でぬぐう。

こういうおかしなことがあるから、雨の日は嫌いなんだ。験直《げんなお》しに酒でも飲むかと思ったとき、上がり框《がまち》の上にある黒い帯に気が付いた。

いくら自分が無精でもほこりっぽい玄関先に商売ものを放置しない。きっと安蔵が忘れていったものだろう。間抜けなことをしやがってと忌々《いまいま》しく思いながら、六助は帯を手に取った。

それは唐子《からこ》らしき刺繍《ししゆう》がほどこされた黒繻子《しゆす》の帯だった。刺繍は手間がかかるため高級品とみなされるし、黒繻子の帯は人気がある。唐子は読んで字のごとく「唐の子供」のことで、子孫繁栄だかを祈る縁起のいい柄のはずだ。

刺繍の唐子はいずれも左右の髪を少し残し、他の部分を剃《そ》り落とした昔ながらの髪型である。数人で遊んでいる図柄もよく目にするものだったが、

「……野郎、何だってこんなもんまで盗みやがった」

首をかしげてしまったのは、肝心の唐子が変な顔をしているからだ。全員目を引くどんぐり眼《まなこ》で、口を一文字に結んでいる。これでは唐子というよりも出来損ないの金太郎だ。

いくら手間がかかっていても、こんなおかしな柄の帯を欲しがる女はいないだろう。いっそ刺繍がなかったほうがよほど高く売れたのに。

「この不細工な唐子が余計だぜ」

ぽろりと口から漏らしたとたん、再び頭痛に襲われて六助はまた頭を抱えた。

「ちょっ、なぁっ、いててっ、いてぇぇぇって」

大声で痛みを訴えながら、頭痛の元はその帯だと確信する。どうして見覚えのない帯にこんな思いをさせられるのか。理不尽極まりないけれど、ひとまず頭を下げてし

まえ。

「すまねぇ、俺が悪かった！」

無我夢中で詫《わ》びを言ったら、痛みはすぐに治まった。

三

「こちとら、あいにく坊主じゃねぇんだ。染みなら落としてやってもいいが、憑きもの落としはできねぇぜ」

五日後、六助が櫓《やぐら》長屋の余一を訪ねたところ、開口一番そう言われた。付き合いの長さは伊達《だて》ではない。弱り切ったこっちの顔ですぐさま用向きを察したらしい。

「この時期の晴れ間は大切なんだ。とっつぁんに構っている暇はねぇ」

「こっちもあれこれ試した末に万策尽きて来たんだぜ。話くらい聞いてくれよ」

哀れっぽく訴えたのは口から出まかせではない。五日の雨は夕方には止《や》み、地べたの乾いた翌々日から六助は土手で見世を開いた。あの物騒で不細工な帯を一刻も早く手放したい一心だった。

さりとて、金太郎顔の唐子の帯など誰も欲しがらないだろう。そこで古着を買った客にタダでやろうと考えた。

ところが、実行しようとするとたちまち頭痛に見舞われる。売ったきものにまぎれこませてこっそり渡そうとしても駄目、何気ない素振りで神田川に投げ捨てようとしても、すぐに痛みが襲ってくる。

燃やしてしまうことも考えたが、あとの祟《たた》りが恐ろしくて火をつけることができなかった。おかげで素振りがおかしくなり、古着を買いに来た客を軒並み逃してしまっている。

「大事な書き入れ時だってのに、これじゃ商売になりゃしねぇ。とにかくその痛みときたら凄《すさ》まじいもんなんだ」

唾《つば》を飛ばして訴えれば、余一がついと顔をそむける。他人《ひと》のことなど知ったことかと言わんばかりの態度である。

「そういうことなら、なおさら寺に行くんだな。金さえ払ってやれば、供養とやらをしてくれるだろう」

「貧乏暮らしのこの俺にそんな金があるもんか。だいたい生ぐさ坊主の経で治まるようなもんだったら、おめぇを頼って来やしねぇって」

どういう訳か知らないが、昔から余一がいると怪異の類《たぐ》いが起きにくい。両手を合わせて懇願すれば、ようやく中に入れてくれた。

「しかし、とっつぁんらしくもねぇ。そういうもんには人一倍鼻が利くんじゃなかったのかよ。どうして引き取ったりしたんだい」

「引き取ったんじゃねぇ。知らねぇうちに置いていかれちまったのよ」

そして、余一が狙われていることは伏せたまま今度の一件を説明し、帯を広げて見せたところ、

「なるほど、変な唐子だな」

納得したようにうなずく顔を穴が開くほど見つめてしまう。

「……おめぇ、頭は大丈夫か」

「何で」

「今、その唐子が……なんだ。か、かわいらしい、とは言わな、かったろ」

慎重に言葉をつなぐのは、さんざんひどい目に遭ったせいだ。持って回った言い方に余一が目を瞬《しばたた》く。

「ああ」

「俺がそれらしいことを口にすると、とんでもねぇ痛みに見舞われるんだ。なのに、おめぇはけろっとしていやがる。俺とおめぇの何が違う」

我慢できずに文句を言えば、「おれに聞くなよ」とそっぽを向かれた。

「おれはとっつぁんと違って、怪異の類いに縁がねぇ。恨むんなら、妙なもんに好かれやすいてめぇの性分を恨むんだな」

「何だとっ」

「さもなきゃ、この帯の持ち主によほど恨まれているんだろう。昔付き合いのあった女で、最近死んだ人はいねぇのか」

口調はいたって軽いものの、こっちを見る目は冷ややかだ。母親の顔を知らない余一は女をもてあそぶ男を毛嫌いする。言われて一瞬どきりとしたが、すぐさま首を左右に振った。

「この刺繡は素人《しろうと》くせぇから、帯の持ち主が自分で繡《ぬ》ったもんだろう。俺と付き合いのあった女は玄人《くろうと》ばかりだ。浴衣《ゆかた》一枚縫えねぇのに、刺繡なんざできるもんか」

堅気の女はきものが縫えて当たり前だが、刺繡となると話が違う。小さな家紋ひとつにしたって誰にでも繡えるものではない。強い調子で言い切れば、ようやく余一の目元がゆるむ。

「なるほど、そいつはもっともだ。刺し子だったらどうにかなっても、刺繡は勝手が違うからな。すると、こいつは何だってとっつぁんから離れないんだ」

「離れないなんて、縁起でもねぇことを言うんじゃねぇ」

「だって、実際そうだろうが。知らぬ間に帯を怒らせて、首にでも巻きつかれねぇよう気を付けるんだな」

面白がるような言葉を聞いてたちまち血の気が引いていく。今までは頭痛だけだったが、帯は本来締めるものだ。そいつが首に巻き付いて右と左に引っ張られたら……考えるだに恐ろしい。

まさか、この先ずっと文字通り縛られてしまうのか。冗談じゃねぇと心で叫び、余一の手を握り締める。

「頼む。何とかしてくれよ」

「だから、おれは坊主じゃねぇって」

「そんな冷てぇことを言うと、死ぬまでここに住み着いてやる」

半ば本気で言ったのは我が身かわいさだけでなく、白鼠の安蔵が気がかりだったからだ。ここの住人は誰ひとり知らないはずだが、櫓長屋の持ち主は裏の社会の顔役だ。そんじょそこらの悪党が手を出せる場所ではないけれど、足を洗った自分さえおどしにかかった安蔵である。義理も掟《おきて》も踏みつけにして、乗り込んでくることも考えられた。

しかし、できれば余一には裏の事情を告げたくない。あくまで我が身を守るために付き合ってもらうと言い張った。

「これが怨念《おんねん》の類いなら、取り憑いているもんの恨みを晴らしてやりゃあいい。つべこべ言わずに手を貸しやがれ」

「で、帯に憑いているもんはどんな恨みを抱えているんだ」

「あいにく、それがわからねぇ」

忌々しげに吐き捨てて六助はじっと考え込む。今まで出くわしてきたものは、たいがい負の念だった。恨む相手が定かではなくても、つらい、悲しい、くやしい、みじめだ……と重苦しい念を吐き続けた。

ところが、今回に限ってそういうものが聞こえない。そのくせ、ふとしたきっかけで頭が割れるように痛み出す。まるで察しの悪い六助に腹を立てているかのように。

「心残りがあるんなら、言ってくれなきゃわからねぇ。こちとら身に覚えどころか、縁もゆかりもねぇんだから」

そして、はたと気が付いた。

「なあ、この帯の狙いはおめぇじゃねぇのか」

半目になってにじり寄れば、余一が嫌そうな顔をする。無言の否定を読み取ってなお六助は食い下がった。

「この帯の持ち主はおめぇに懸想《けそう》していたんだ。ところが、急な病で死んじまって成仏できずにいるんだろう」

だとしたら、自分ばかりが痛い目を見る理由がわかる。勢い込んで訴えると、胡乱《うろん》なまなざしを向けられた。

「ものは唐子の帯なんだぜ。おまけに使い込んである。持ち主は十中八九、亭主持ちに違いねぇ。おれに懸想してどうすんだ」

「亭主がいようと、子がいようと、思う心は止められねぇ。むしろ禁じられるほど、男女の恋は燃えるもんだ。胸に秘めたるこの思いをせめて一言伝えたい……ああ、余一さん、余一さん」

調子に乗ってしなだれかかれば、力任せに振り払われる。

六助だって、この帯の持ち主が余一に懸想していたと本気で思ってはいない。だが、そういうことにしてしまえば、「関係ない」と言えないだろう。腹の中でほくそ笑むと、余一のこめかみに青筋が浮かんだ。

「……あいにくおれの知り合いで、そんな帯を締めていた女はいねぇ。そいつは仏にちかって断言できる」

「おめぇがむこうを知らなくても、むこうはおめぇを知っていて、思っていたかもしれねぇだろう。だとすりゃ、巻き込まれたのはこっちのほうだ」

「よし。そこまで言うなら、その帯をほどいてみようじゃねぇか」

　このままじゃ埒《らち》が明かねぇと怒ったように言い出され、六助は「冗談じゃねぇ」と飛び上がった。

「この帯はやたらと凶暴なんだぞ。柄の悪口を言っただけで、頭が割れそうに痛むんだ。ほどいたりしたら、俺の頭が壊れちまわぁ」

「そんなことを言っていたら、話が先に進まねぇだろ」

　震え上がって反対すれば、余一は大きなため息をつく。

　その言い分がもっともでも、痛い目を見るのは自分なのだ。慎重の上にも慎重に事を進めなくてはならない。

「まずはこの帯の出所を確かめようぜ。そいつがわかれば、打つ手はある」

　六助は一方的に言い切って、自分の耳をふさいでしまった。

四

翌日、渋る余一の腕を引っ張り、六助は両国に向かった。あの妙な唐子の帯は恐らく大貫屋から盗まれたものだ。店の主人に尋ねれば、その出所がわかるだろう。

ところが、肝心の店は雨戸がおりていて人の気配がない。困っていたら、近所のかみさんが教えてくれた。

「大貫屋さんは店仕舞いしたんですよ。この間の押し込みのせいで、商いが続けられなくなって」

「そいつぁお気の毒なことで」

「なんでも、小僧のときからいた手代が盗人の手引きをしたんですって。人のいい旦那を騙《だま》すなんて、とんだ悪党もいたもんですよ」

声をひそめた打ち明け話に六助は内心、おやと思う。ならば、安蔵は大貫屋に潜り込んでいなかったのか。

かみさんの語るところによれば、大貫屋の主人は面倒見のいい人格者で、近隣の貧乏人から頼りにされていたらしい。他の質屋では相手にされないような品でも、大貫屋は事情次第で金を用立ててくれたそうだ。

「それに大貫屋さんの蔵はたいそう立派だったから、裕福な人も火事を恐れて大事なものを預けていたのに、押し込みに遭うなんてねぇ。旦那は店を手放したお金を持って、そういう人たちに頭を下げて回ったんですって」

江戸は火事が多いため、日ごろ使わない大事な品を質屋に預ける場合がある。安蔵に見せられた京友禅や西陣の帯はそういう類いかもしれない。道理でものがよかったはずだと心の中でうなずいた。

「どうせ盗みを働くならあこぎな商人を狙えばいいのに。よりによって大貫屋さんを狙うなんて、まったく腹が立つったら」

自身も世話になっていたのだろう。気を高ぶらせたかみさんの声がだんだん大きくなっていく。

六助に言わせれば、そういう人物だからこそ大貫屋は狙われたのだ。他人を見れば泥棒と思うような輩《やから》なら、こんなことにはならなかったろう。

だが、それを言ったらおしまいなので適当な言葉を探していると、脇から余一が口を挟んだ。

「それで、大貫屋さんは今どこにいなさるんです」

「……この近くの長屋です。あの、案内しましょうか」

三十路《みそじ》を越した大年増《おおどしま》が頰《ほお》を染めて余一を見上げる。やはりこいつを連れてきてよかったと六助は改めて思った。

連れて行かれた裏長屋は、六助の長屋より古かった。おまけに厠《かわや》やごみ溜めに近いため、嫌なにおいが染みついている。

いくら盗人にやられたとはいえ、元は立派な商家の主人がこんなところに住んでいるのか。半信半疑で「御免なさいよ」と声をかけた。

「こちらに大貫屋の御主人がいると聞いてきたんだが」

呼びかけに応じて出て来たのは、やつれ果てた中年の男だった。身に着けている木綿《もめん》の単衣は身幅《みはば》がずいぶん余っている。袖はあちこち汚れていて、きっとそこらの古着屋で一番安いのを買ったのだろう。

思った以上の零落ぶりに余一ともども言葉を失う。店が潰《つぶ》れた後、寝付いてしまった御新造は親戚のところにいるそうだ。

「ですが、手前まで世話になる訳にはまいりません。お預かりしていた大事な品をすべて奪われてしまったのですから」

思い詰めた様子で言われ、返す言葉に困ってしまう。大貫屋の主人はよくよく義理堅い人物のようだ。六助は後ろめたいものを感じながら、余一の持っていた帯を見せる。それを一目見たとたん、相手は大きな声を上げた。

「これは手前の店から盗まれたものでございます」

黒繻子の帯はごまんとあるから普通は断言できないはずだが、こいつは柄が変わっているので印象に残っていたのだろう。

「ということは、おまえさん……」

たちまち表情を固くされ、「早合点しねぇでくだせぇ」と六助は手を振った。

「俺は柳原で古着屋をしておりやす。先日、床見世に不釣り合いな上物を売りに来た野郎がいやしてね。おかしいと思ったんで断りやしたが、そいつがこの帯を置き忘れていったんでさ」

虚実を織りまぜて伝えると、大貫屋の落ちくぼんだ目の周りが赤く染まった。

「も、申し訳ございません。押し込みの一味が手前を訪ねてくるはずがありませんのに……それで、見世に来たのはどんな男でございましたか」

深々と頭を下げられると、いっそう気まずい思いが募る。つい安蔵の人相をそのまま伝えたところ、主人はぶるぶる震えだした。

「そいつは番頭の安兵衛《やすべえ》に違いない……てっきり手代の朝吉《あさきち》が、盗人の一味だと思っていたのに……」

「旦那、そりゃどういうこってす」

主人が声を詰まらせて語った話によれば、白鼠は今年の一月から「安兵衛」と名乗って大貫屋に奉公していたらしい。押し込みの後、手代の朝吉は姿を消したが、通い番頭の安兵衛は主人を励まし続けたという。

しかし、「この先は金の手当てがつかない」と言って、無理に暇を取らせたそうだ。

「長年勤めた奉公先が潰れ、あたしに命を救われたと言っていた安兵衛が……ご恩は生涯忘れないと手を合わせていたっていうのに……」

呆然《ぼうぜん》と呟《つぶや》く姿を見て六助は内心青くなる。

てっきり奉公人を金で抱き込み、手引きをさせたと思っていた。朝吉は町方の目をくらますために連れ去られ、人知れず殺されたのだろう。だから、安蔵は仕事の後も江戸に残っていられたのだ。

この先奴がお縄になったら、きっと自分も捕らえられる。足を洗ったと言ったところで、昔の罪は消えたりしない。不本意ながら六助は安蔵と一蓮托生《いちれんたくしょう》になってしまった。

だが、打ちひしがれる大貫屋にさらなる嘘はつけなかった。

悪事を働くということは、金や物を盗むにとどまらない。人を信じる心ごと奪い去ってしまうのだ。親を早くに亡くしたことで自分の一生は狂ったが、他の誰かの一生も狂わせてしまったに違いない。

「……本当に、お気の毒なことで」

喉の奥から絞り出すと、大貫屋が我に返って頭を下げた。

「こ、これは失礼いたしました。年甲斐《としがい》もなく取り乱しまして。ところで、この帯は返していただけるのでしょうか」

一切合切奪われた今、こんな不細工な唐子の帯でも足しにしたいというのだろう。返したいのはやまやまだが、またぞろ頭痛がするのは困る。

とはいえ、ありのままに語って果たして信じてくれるだろうか。迷っていたら、余一が言った。

「そいつは帯の機嫌次第で」

「どういうことです」

そして、怪訝《けげん》そうな大貫屋に帯が起こしたあれこれをかいつまんで説明した。

「では、この帯を手放そうとすると、頭が痛くなるというのですか」

「しかも、その痛みというのが凄まじいもんだというんでさ。この帯の持ち主は、ひどい亡くなり方でもしたんですかい」

「とんでもない。持ち主は生きていますよ」

「そんな馬鹿な」

その言葉に噛みついたのは、横で聞いていた六助だ。

「成仏できない怨念じゃなけりゃ、いったい何だってんだ」

「それは手前にもわかりませんが……この唐子の帯はすぐ近くに住んでいるお久美《くみ》さんという人のものなんです。おまえさんさえよかったら、ぜひとも元の持ち主に返してあげてくださいまし」

「いいのかい」

意外な思いで問い返せば、大貫屋はうなずいた。唐子の帯は去年の暮れ、子供の薬代を作るために持ち込まれたものだという。

「他にもいくつかお預かりしましたが、この帯だけは半年後に必ず請け出すから、けっして流さないでくれときつく念を押されたんです。あのおかみさんにとっちゃ、よほど大事なものなんでしょう」

では、あの頭痛はお久美という女のせいか。死んだ女の怨念も嫌だが、生霊《いきりょう》というのもおっかない。そもそもこんな変な帯にどうして執着するのだろう。

ここまで来ても事情が見えず、嫌な予感が増していく。一方、質屋の主人はほっとしたように話を続けた。

「盗まれたと伝えたら、たいそう取り乱されまして……申し訳ないことをしてしまったと気に病んでおりました。思い出の詰まった品だけは買い直すことができませんから」

目を細めた相手の言葉が余一の口癖と重なった。

五

「なぁ、今日のところは様子を見るだけにしようじゃねぇか」

大貫屋から帯の持ち主の住まいを聞いて歩き出してみたものの、六助は気が進まなかった。相手は生きながらにして人に祟るような女である。

「ひとまず探りを入れてみてさ。相手の魂胆がわかったところで、訪ねたほうがいいと思うぜ」

作り笑いで提案すれば、余一が不意に足を止めた。

「おれはいつまでもとっつぁんに付き合っている暇はねぇ。何をぐずぐず言っていやがる」

「おめぇはあの痛みを知らねぇから、そんなことが言えんだよ。訳もわからず乗り込んで、また頭が痛くなったらどうすんだ」

あんな思いは御免だと六助が口を尖らせる。余一は帯を包んだ風呂敷包みに目を落とした。

「それほど物騒なもんが憑いているとは思えねぇがな」

昨日はさんざんおどしたくせに、今日はそんなことを言う。どうしても嫌だと言い張れば、余一が「仕方がねぇ」と肩をすくめた。

「とっつぁんがそんなに嫌がるんなら、おれがひとりで行って来る」

必ず請け出すと言った帯をタダで返してやるのだ。どう転んでもひどい目に遭うことはないという言い分に、六助が異を唱えた。

「むこうは生霊になるくれぇ、おめぇに懸想しているかもしれねぇんだぞ。ひとりでなんかやれるもんかよ」

「そいつぁ考え過ぎだって」

疲れた声で言われても六助は聞く耳を持たなかった。うっかり余一と離れたら、頭痛に見舞われそうで怖い。もう大丈夫とはっきりするまで、こいつのそばを離れるものか。

「この世の中には逆恨みや八つ当たりがごまんとある。まして色恋がらみはどう転ぶかわからねぇ。舐《な》めてかかると痛い目を見るぜ」

「……おれにも、仕事があるんだよ」

さっきより雲の増えた空を余一が恨めしげに見上げる。だが、こっちが折れそうもないと知って、渋々譲歩してくれた。

「まずは同じ長屋の住人に話を聞いてみるとするか」

ため息のあとで言われた言葉にほっと胸をなでおろす。そしてこういうときこそ、余一の無駄に整った面《つら》が役に立つ。

「お久美さんのことかい。どんな人かって言われても……何だってそんなことを聞きたがるのさ」

六助が声をかけると露骨に身構えるかみさんたちが、余一に同じことを聞かれると笑顔でぺらぺらしゃべり出す。帯の持ち主は近くの料理屋で働いており、この時間は長屋にいないそうだ。

「お久美さんは器量よしだし、年だってまだ若いけど、植木職の仁八《じんぱち》さんというご亭主がいるんだから。義理とはいえ、八つになる子供だっているんだよ。どこで見初《みそ》めたか知らないが、さっさと諦めたほうがいいって」

「そうそう。なさぬ仲だけど、あすこの母子は仲がいいんだ。ご亭主とだってお熱いし、遠からず卯吉《うきち》ちゃんには妹か弟ができるだろうよ」

「あら、いやだ」

どうやらかみさんたちは、余一がお久美に懸想していると思ったらしい。手前勝手にまくしたてられ、呆気《あっけ》にとられる余一の陰で話の中身を整理する。

お久美はまだ若く器量よしで、仁八という植木職の亭主がいる。先妻の子供の名は卯吉といい、年は八歳。お久美自身の子はまだのようだが、亭主や継子との仲はいいらしい。

そんな女が何を恨んで帯に取り憑いたのだろう。六助が首をひねっていると、余一がかみさんたちに聞いた。

「後添《のちぞ》いってこたぁ、前のおかみさんはどうしなすったんです」

すると、さえずっていたかみさんたちが意味ありげに目くばせする。そこで余一が唐子の帯を見せたところ、揃《そろ》って目を丸くした。

「これはお政《まさ》さんの……卯吉ちゃんのおっかさんの帯に違いないよ」

「おまえさん、これをいったいどこから」

「そいつは言えねぇんですが、前のおかみさんはお政さんというんですかい」

余一が言葉を濁すと、かみさんたちはまたぞろ勝手な想像をしたらしい。うなずき合って話し始めた。

「お政さんはそりゃいい人だったんですよ。面倒見がよくて、手先が器用で。それが三年前に流行病《はやりやまい》でぽっくり」

「あたしたちも含めて長屋の連中はみんな世話になったけど、一番世話になったのはお久美さんだね。お政さんの助けがなけりゃ、どうなっていたかわかりゃしないよ」

お久美は十五で親を亡くし、頼れる身内が誰もいなかった。見かねたお政は姉代わりとなり、あらゆる面倒をみたという。

「だから、お政さんが病になったときは大変でしたよ。お久美さんはつきっきりで看病したんだけど」

「亡くなって一年も経《た》たないうちに仁八さんと一緒になれば、勘繰られたって仕方がないさ。卯吉っちゃんだって最初《はな》の頃は、ずいぶん突っかかっていたじゃないか」

かみさんたちに言わせると、お政とお久美はあらゆる面で正反対だったらしい。

「お政さんはしっかりした人だったけど、器量のほうが今ひとつでねぇ」

「男ってのは器量がよくて頼りない女が好きだからさ。お久美さんみたいな人がそばにいたら、目移りするのも無理ないって」

「でも、さんざん世話になった人の亭主だよ」

「そんなことを言ったって、お久美さんにしてみれば」

どうやら二人の頭の中では、お政の生前から仁八とお久美は通じていたことになっているようだ。すると、あの帯に取り憑いているのは前妻のお政に違いない。お久美と亭主の裏切りを恨み、成仏できずにいるのだろう。

余一の陰で六助がひそかにうなずいたときだった。

「あ、あら卯吉ちゃん」

「他の子たちと遊んでいたんじゃないのかい」

木戸から入って来た子を見るなり、かみさんたちが決まりの悪そうな笑みを浮かべる。近づいて来たのは、木賊《とくさ》色（くすんだ青っぽい緑色）の単衣を着た大柄な男の子だ。ずいぶん色が褪《あ》せているから、父親のお古を仕立て直したのだろう。

「もうじき雨が降りそうだから、洗濯ものを取り込みに来た。せっかくおっかぁが干してくれたのに、濡《ぬ》らしちまったら悪いだろ」

言われて空を見上げれば、西のほうが暗くなっている。卯吉はいかにも餓鬼大将ふうなのに、なかなか気が回るようだ。陰口を叩いていたかみさんたちも慌てて物干し場へ走っていった。

「利かねぇ顔をしている割に、親思いのいい子じゃねぇか」

「ああ、おれたちも降り出す前に帰るとしようや」

そう言って歩き出してから、ややあって余一が噴き出した。

「あの餓鬼、どっかで見たことのある顔だと思ったら……とっつぁんは気付いたかい」

「なんだよ、もったいぶらずにさっさと言いな」

「帯の唐子に似ていると思わねぇか」

言われて、六助は手を打った。お政は我が子の無事を祈り、唐子の顔を卯吉に似せて繍ったのだろう。

櫓長屋にたどり着くなり、勢いよく雨が降り出した。それを見て六助は恩着せがましい口を利く。

「おめぇはさんざん文句を言ったが、結局、雨になったじゃねぇか。こんな日に洗い張りなぞしなくてよかったろう」

「とっつぁんさえ邪魔しなければ、この時刻には乾いていたさ」

年上の顔を立てないとはいい年をして困った奴だ。しらけた気分でそっぽをむけば、余一の声が追ってきた。

「だが、これでわかったろう」

「何が」

「帯の持ち主はおれに懸想なんかしちゃいねぇ。明日にでもこの帯をお久美って人に返すとしようぜ」

「おい、ちょっと待て」

当然のように言い出されて六助は額《ひたい》にしわを寄せる。こいつはかみさんたちの話をちゃんと聞いていなかったのか。

「この帯に取り憑いているのは十中八九先妻のお政だ。だとしたら、お久美に渡しちゃまずいだろうが」

お政はお久美を恨んでこの世に留《とど》まっているはずだ。いわば仇《かたき》ともいうべき女に帯を返す馬鹿があるか。責めるような目を向ければ、余一は露骨に顔をしかめる。

「いい年をして、かみさんたちの噂話を鵜呑《うの》みにしてどうすんだ」

「いいや。女の勘ってやつは侮《あなど》れねぇ。お久美って女はお政の病をいいことに、陰で亭主を寝取ったんだ。でなきゃ、世話になった女の亭主と一年足らずでくっつくもんか」

死んだお政は大貫屋の主人のような、面倒見のいいお人よしだったに違いない。お久美はその気性に付け込み、とことん利用した挙句、お政が亡くなるとちゃっかり後《あと》釜《がま》に納まった。

「そんな女に我が子への思いを込めた帯を渡せっていうのかよ。お政がかわいそうじゃねぇか」

「とっつぁん、落ちついて考えてみな。お政が死んだのは三年前で、それから一年もしねぇうちにお久美は後添いになってんだ。亭主を盗《と》られてくやしいなら、とっくに祟っているはずだろう。けど、お政の幽霊なんて話は一度も出て来なかったぜ」

「おめぇは人の心ってもんがちっともわかっちゃいねぇ。かみさんたちが何と言ったか思い出してみろや」

――卯吉っちゃんだって最初の頃は、ずいぶん突っかかっていたじゃないか。

子供も五つになっていれば、ちゃんとものを見る目がある。卯吉は最初のうち、お久美にひっかかるものを感じていた。だが、世話を焼かれているうちに手なずけられてしまったのだ。

「死んだお政はそれが一番こたえたのさ。大事な我が子まで丸め込まれたと知って、とうとう勘弁できなくなった。お久美はそれを察して、帯を手放したのかもしれねぇ」

「あの帯を質に入れたのは、卯吉の薬代を作るためだったと大貫屋は言っていたじゃねぇか。それに、必ず請け出すと念を押していたんだろ」

「へっ、そんな言葉を鵜呑みにするおめぇのほうがおめでたいや」

貧乏人はその日暮らしだ。一度質に入れたら最後、めったなことでは請け出せない。お久美は卯吉の病を口実に目障《めざわ》りな先妻の帯を厄介払いしたのだろう。力を込めて訴えたのに、なおも余一は首をかしげた。

「おれはそうは思わねぇが……仮にとっつぁんの言い分が正しくても、お久美に返していいんじゃねぇか」

「何で」

「お政に対してやましいところがあるから、お久美は帯を手放したっていうんだろ。だったら、そいつが戻ってくればいい気分はしねぇはずだ」

すました顔で言い返されて六助ははたと考え込む。確かに、お政の力ならお久美を取り殺すこともできそうだが、今ひとつ気が進まない。

「もしそんなことになったら……お政はどうなるんだ」

この世にあらざるものが見えるようになってから、六助は死んだ後のことも考えるようになった。後添いを取り殺してしまったら、お政は成仏するのではなく、地獄に堕《お》ちるのではないか。むこうのほうが悪くても、お政はお久美に殺された訳ではない。凝り固まった恨みを晴らして地獄行きでは気の毒だ。

そんなふうに思うのは、お政が大貫屋の主人と重なるからだろう。人を信じたばっかりに、裏切られて泣きを見る。自分もかつては平気で人を裏切った。それを思うと居たたまれない。

いっそ自分がお政に代わってお久美を痛めつけてやろうか。六助が真顔で呟けば、余一がすぐさま「駄目だ」と言った。

「そんなことをしたってお政は喜ばねぇよ」

「何でわかる」

「お久美が寝込めば、卯吉が困る。それに卯吉はお久美になついているんだろう。我が子が悲しむようなことをお政が望むとは思えねぇ」

揺るがぬ口調に驚いて余一の顔をじっと見る。言われてみればもっともな気がして、ますます訳がわからなくなる。

「だったら、お政の望みは何だ。関わりのねぇ俺を巻き込んでまで、何がしたかったっていうんだよ」

「なんだかんだ言ったところで、とっつぁんはお人よしだからな。そこをお政に見込まれたんだろう」

でなきゃ、痛い目を見せられたのに肩入れするはずがない。意味ありげに笑われて、じろりと余一を睨みつける。

「てやんでぇ。気味の悪いことを言うんじゃねぇよ」

お人よしなんて言われると、へその下がむずむずする。ことさら肩を怒らせたが、余一の笑みは深まった。

「おれが思うに、お政は帰りたかっただけさ」

「どこに」

「決まってんだろ。大事な我が子のところにさ」

六

翌日の昼を過ぎても雨はやまなかった。

「最初に念を押しとくが、付き合ってやるのは今日までだぜ。明日は晴れようが、雨が降ろうが、おれはおれの仕事をする」

お久美が働いているという料理屋へ行く道すがら、傘と唐子の帯を持って余一がしきりと繰り返す。六助は「わかった、わかった」とおざなりに返事をしつつ、今後のことを考えていた。

正直なところ、余一の言い分に納得した訳ではない。だが、この際真実はどうであれ、厄介な帯さえ手放せればいいと考え直した。あと気がかりなのは安蔵だが、こちらはおいおい考えよう。

お久美の勤め先は広小路に近い料理屋で、大川のすぐそばにある値の張りそうな店だった。

「おい、おめぇいくら持ってんだ」

不安になって袖を引けば、すかさずじろりと睨まれる。

「おれの財布はからっぽだ。仕事の邪魔をしておきながら、この上金まで出させる気かよ」

低い声で凄まれると、今度ばかりは言い返せない。大きなため息をつきながら、案内の女中に「お久美さんを呼んでくれ」と心付けを渡した。

座敷に上がって待つことしばし、「失礼します」と声がして二十三、四の女が障子を開けて顔を出した。

「あたしがお久美でございます。あの、何かご用でしょうか」

そう言う相手の表情には困惑の色が濃い。初対面の、しかも店とは不釣り合いな客に呼ばれたのだから無理もない。

とはいえ、ここでひるんでは包んだ金が無駄になる。愛想笑いを浮かべながら、六助は穏やかに言った。

「おまえさんに折り入って話があるんだ。ちょいと付き合ってくれやせんか」

見た目は妙でも客は客、断われないと思ったようだ。おずおずと障子を閉めたお久美を穴の開くほど見つめてしまった。

翁格子《おきなごうし》の赤梅染《あかうめぞめ》（赤っぽい薄茶）の単衣に唐草牡丹《からくさぼたん》の黒い帯――料理屋の女中にしては粗末な恰好《かっこう》にもかかわらず、お久美の器量は際立っていた。なるほど、これなら仁八がよろめいてしまうのも無理はない。

逆にお久美はどうして子持ちの植木職なんかと一緒になったのだろう。かみさんたちは「仁八がいい男」とは言っていなかった気がするが。

こっちがあれこれ思っている間に、余一は唐子の帯を差し出す。それを見たお久美は驚いたように口元を押さえた。

「この帯はお政さんの……なんでこれを持っているんです」

顔色を変えて身体を引かれ、六助が慌てて言い訳する。

「誤解しないでくだせぇ。俺は柳原の古着屋で、こいつはきものを売りに来た客が忘れていったものなんでさ」

そしてひと通り説明すると、お久美ははらはらと泣き出した。

「卯吉ちゃんのためとはいえ、一時《いっとき》でもこの帯を手放すんじゃなかった……お政ねえさん、約束を破ってごめんなさい。我が子と引き離されて、さぞかしつらかったでしょう」

いや、つらかったのはこっちだと喉元まで込み上げる。お久美はしばらく洟《はな》をすっていたが、袂《たもと》で目を押さえると気を取り直したように顔を上げた。

「陰でいろいろ言う人がいますけど、あたしが仁八さんと一緒になったのは、ねえさんに頼まれたからなんです」

お政が病に倒れたとき、卯吉はまだ五つだった。植木職の仁八は泊まりがけの仕事に行くことも多い。お政の親はすでに他界していて、卯吉の面倒を見る者はお久美の他にいなかったという。

「亡くなる前日、ねえさんはあたしの手を取って言ったんです。自分が死んだら、卯吉のおっかさんになってくれって。そのときは『縁起でもないことを言わないで』って言ったんですけど」

母親の死後、卯吉は悲しみのあまり表で遊ばなくなってしまった。長屋の中に閉じこもり、お久美が差し入れる食事も残すことが多くなった。

「そんな卯吉ちゃんの姿を見て、あたしは決心したんです。世間の人になんと言われようと、あの子の母親になって立派に育ててみせるって。それが亡くなったねえさんへの恩返しだと思ったんです」

涙の跡が残る顔でお久美はきっぱりと言い放つ。

しかし、六助はにわかに信じることができなかった。この世の中は信じたほうが馬鹿を見る。それは大貫屋を見れば明らかだ。

「お政とかいう女にどうしてそこまで義理立てをするんだい。おめぇさんなら、子持ちの植木職よりもっと稼ぎのいい亭主を捕まえることだってできたはずだ。心底惚《ほ》れているならともかく、前の女房に頼まれて一緒になれるもんかねぇ」

嫌味たらしくうそぶくと、相手の背筋がしゃんと伸びた。

「あたしが人並みに暮らしていられるのは、すべてお政さんのおかげなんです。お政ねえさんがいなかったら、どうなっていたことか」

病がちの母親が死んだのは、お久美が十五のときだった。父はすでに亡くなっており、天涯孤独となったお久美を十歳年上のお政はあらゆる意味で面倒を見た。

「実の母親が病がちだったせいで、あたしは料理も洗濯も見よう見まねで覚えたんです。だから、どれもいい加減で。ねえさんにはずいぶん怒られました」

——一度しっかり覚えちまえば、だんだん上達するもんだ。でも、いい加減にやっていると、どれほど繰り返したってうまくならないもんなのさ。

お政はそう言って、家事一切をお久美に仕込んでくれたという。

「でも、あたしはてんで不器用で、何をやってもお政ねえさんみたいに上手にはできませんでした。特にお裁縫《はり》はちっとも上達しなくって。ねえさんは単衣の着物なら、一日で縫い上げるくらい上手だったのに」

そんなお政が思うに任せなかったこと、それが子を産むことだったとお久美は言った。

「だから、卯吉ちゃんが生まれたときは夫婦揃って大喜びで……この帯は、あの子が丈夫に育ちますようにって、ねえさんが思いを込めて……だから、これだけはずっと手元に置くって約束したのに……ねえさん、本当にごめんなさい……」

話しているうちにいろいろ思い出したのだろう。お久美が再び涙を流し、お政への詫《わ》びを口にする。そこへ余一が口を挟んだ。

「このとっつぁんが言うには、唐子の帯に取り憑いているもんは今までにねぇくらい力の強いもんらしい。けど、おめぇさんが質屋に持って行ったときは、何事も起こらなかったんだろ」

「え、ええ」

「我が子の薬代を作るためだ。少しくれぇ離れていても、あとで必ずおめぇさんが請け出してくれる。お政さんはそう信じていたんだろう。だから、大貫屋の蔵の中でじっとしていたに違いねぇ」

ところが、蔵にあった品は残らず安蔵に奪われた。焦ったお政は「我が子のところに帰りたい」とあらん限りの力で願ったに違いない。

「その一途《いちず》な思いが天に届き、こうして無事に戻って来た。おめぇさんが詫びることたぁありやせん」

「でも」

「でなきゃ、とっつぁんのところに回って来るはずがねぇ。よりによって五月五日に」

口の端を上げた余一の言葉に六助は膝《ひざ》を打つ。

端午の節句も唐子の柄も、子供の成長や子孫繁栄を祈るものだ。子を思う母の願いに神や仏も力を貸さざるを得なかったろう。してみると、安蔵が訪ねて来たことさえ天の思《おぼ》し召しだったのか。

お久美も納得したらしく、肩から力が抜けていく。唐子の帯が奪われてからずっと気に病んでいたのだろう。うれしそうに微笑《ほほえ》むのを見て、何とも言えない気分になった。

人の思いで強いのは負の気持ちだと思っていた。恨み、嫉《ねた》み、憎しみ、怒り……そういうものに比べれば、善意なんて薄っぺらいと。

しかし、子を思う母の気持ちは凄まじいほど強かった。はっきり言って傍迷惑だが、それも我が子を思うゆえなら怒ってみても始まらない。六助にだって子供の頃に死んでしまった母がいた。

たとえ身体は失われても心はそばにいてくれる。そう信じることができていたら、自分だってもっとましな生き方をしていただろう。どんなに苦しい思いをしても、道を踏み外さなかったはずだ。

あの白鼠の安蔵ですら、大貫屋の人柄にほだされて殺せなかったのかもしれない。

年甲斐もなく甘ったるいことを考えていたら、とんでもないことを余一が言った。

「おまえさんさえよかったら、この帯をおれに預けちゃくれませんか。あちこち汚れちまっているし、きれいに始末してやりたいんでさ」

やっとおさらばできるというのに、余計なことを言うんじゃねぇ。心の中で叫んだが、お久美は恐縮しながらもその申し出を喜んだ。

「何から何までお世話になってしまって……だったら、今日はあたしにごちそうさせてください」

「いいんですかい」

「ええ、女中の仕事を始めたのは、ねえさんの帯を請け出すお金を作るためだったんです」

にっこり笑って打ち明けられ、こうなりゃとことん飲んでやると六助は決心した。

七

この世にタダ酒ほどうまいものはない。おまけに高い酒ならば、とことん飲まねばもったいない。調子に乗った六助がさんざん飲み食いした挙句、余一とともに店を出たのは五ツ半（午後九時）を過ぎていた。

「腹も身のうちっていうだろうが。ほら、しっかりしな」

「酒ってなぁ、酔うために飲むもんだ。おめぇのようにしれっとしていちゃ、腹の中の酒に申し訳がたたねぇ」

回らない舌で言い返したものの、昨日から降り続く雨で道はすっかりぬかるんでいる。千鳥足で歩いていると、うっかり転んでしまいそうだ。足元を提灯《ちょうちん》で照らしつつそろりそろりと歩いていたら、後ろから余一の声がした。

「とっつぁん、神田はそっちじゃねぇ。大川にでも飛び込む気かよ」

「ごちゃごちゃ脇からうるせぇよ。足の向くまま、気の向くままだ」

「だったら、こっちに提灯を寄越しな」

「やなこった」

余一は傘の他に帯を抱え、提灯は六助が持っていた。いつもは人でにぎわう広小路も雨の晩は人気《ひとけ》がない。

そういえば、今月末は川開きだ。夜空を彩る大輪の花火を見ようと大勢の人が詰めかけるだろう。

「そんときゃ、晴れてくれるといいな」

ふと思いついて口にしたら、余一がぼそっと呟いた。

「花火でなくても、晴れなきゃ困る。こちとら仕事が遅れてんだ」

だったら、唐子の帯を始末すると言わなければいいものを。余計な仕事を自ら増やし、遅れているもないものだ。そう思ったら、不意に笑いがこみ上げて来た。

「まったく、おめぇは変な奴だな」

「急に何だよ」

「親の顔も知らねぇくせに、いつももっともらしいことをぬかしやがって」

風見屋の御新造に「若い頃の振袖を探して欲しい」と頼まれたときも、余一は御新造本人が気付いていない心の底を見抜いていた。母親の顔も知らず、ろくに女と付き合ったこともないはずなのに、どうしてこいつは女の気持ちがわかるのか。酔った勢いで口にすれば、ややあって返事があった。

「別に、もっともらしいことを言っているつもりはねぇんだが……おれが始末をするきものは、そこらのかみさんが手をかけたものも多いからな。そういうもんに触れていると、いろいろ伝わってくるんだよ」

縫い目の大きさや継ぎのあてかた、きものの擦り切れ具合や色の褪せ具合で、手入れをする女房や母親の姿が浮かんでくるという。

「特に子供のきものは面白いぜ。たとえ貧しくても、このきものの持ち主は大事にされていたんだなと思えるものがたくさんあらぁ」

「へぇ、例えばどんなんだよ」

「男の子が大きくなって、きものの丈が足りなくなったんだろう。帯で隠れる胴のところに布が継ぎ足してあったりさ」

「なんでぇ、めずらしくもねぇ話じゃねぇか」

子供のきものは大きめに仕立て、小さいうちは腰上げや肩上げをして着せることが多い。とはいえ、元の寸法以上に大きくなったら、別の生地を足すしかない。その際、裾《すそ》ではなく、帯に隠れる胴の部分に縫い足すのである。

不満げに鼻を鳴らしたら、苦笑する気配が伝わって来た。

「その通りだが、足してあった生地は女物の浴衣だったのさ」

「だから、何だってんだ」

「きものの丈が合わなくなっても、別のもんを買えないくらい貧しい家の話だ。恐らく母親は一枚しかねぇ浴衣の裾を切り、縫い足してやったに違いねぇ。自分は寸足らずの浴衣を着ても、子供には恥をかかせまいとしたんだろうさ。とっつぁんだってそういうきものを見たことがあるだろう」

「あ、ああ」

確かに見たことはあるけれど、そんな目で見たことはない。これじゃ二束三文だと放り出すのが関の山だ。足を止めて振り返れば、提灯の灯に照らされて余一の顔が浮かび上がった。

「あの卯吉って子は、きっと立派な大人になるぜ。腹の底から思ってくれる母親が二人もいるんだから」

屈託のない笑顔を見てなんだか胸がざわざわした。本当にそう思うのかと問いただしたい気持ちになる。

母親がそれほどありがたいものなら、母のいない己をみじめだと思わないのか。世間の連中は当然のように人並みのしあわせを味わっているのに、何ひとつ与えてもらえなかった自分を憐《あわ》れと感じないのか。

恐らく余一は子供の頃、固く信じていたのだろう。母はこの世にいないけれど、その魂はそばにいると。けれど、その思いは大人になって打ち砕かれたはずだ。

——おまえさえこの世にいなけりゃあっ。

そう叫んだときの親方は、憎しみも露わに余一を睨んでいた。そのとき耳にした余一の生まれにまつわる話を他人に言うつもりはない。たぶん、親方だって一生口にするつもりはなかったはずだ。驚きと怒りが我を忘れさせたのだろう。

余一が首から下げている守り袋には、水晶の数珠珠《じゆず》が二つ入っている。ひとつは元々持っていたもので、もうひとつは親方が死ぬ間際に渡したものだ。色と大きさがまるっきり一緒だから、元は同じ数珠珠だろう。それにどういう意味があるのか、六助にはわからない。

あれ以来、余一は極力人を避けるようになった。それでも、折に触れて親方の墓に手を合わせ、「自分が人並みになれたのは親方のおかげだ」と口にする。

「なに、心配すんな。おめぇも捨てたもんじゃねぇからよ」

「……どれだけ酔っているんだか。足元には気を付けなよ」

らしくないことを口にすれば、ひねくれた言葉が返ってくる。まぁいいかと思いながらふらりふらりと歩いていたら、甲高い呼子の音がした。

「ありゃ何だ」

「近くで捕物でもしてんだろう」

その言葉を聞いたとたん、酔いが瞬《また》く間に引いた。すぐにこの場を立ち去ろうと足を速めかけたとき、バシャバシャという足音がこっちのほうに近づいて来る。とっさに提灯を掲げて相手を確かめようとしたら、

「野郎、よくも俺を売りやがったなっ」

全身ずぶぬれで走って来たのは白鼠の安蔵だった。六助たちが帰ったあとで、大貫屋の主人は町方に訴え出たのだろう。追っ手らしき足音がみるみる大きくなっていく。

こんなところで出くわすなんて間が悪いにもほどがある。棒立ちになった六助にむこうは歯を剝《む》き出した。

「どうせ俺は逃げ切れねぇ。おめぇも道連れにしてやるぜ」

目を血走らせた安蔵が腰だめに匕首《あいくち》を構えるのが見えた。すぐ後ろは大川で、互いの間は三間（約五・五メートル）余りだ。何より酔いの回った頭と足が思うように動いてくれない。

「死ねっ」

唸《うな》るような声とともに安蔵が突っ込んでくる。

もう駄目だと思った刹那、「とっつぁん」という声がして力任せに突き飛ばされた。泥の上に倒れる寸前、安蔵と余一がぶつかるのが見えた。

「余一ぃぃぃ」

我を忘れて叫んだときには、「御用だっ」という声とともに岡っ引きどもがすぐそこまで迫っていた。落とした提灯は雨で消え、もはや人の影しか見えない。

「ちっ、覚えていやがれ」

安蔵は短く吐き捨てて、暗い大川にきもののまま飛び込んだ。

「白鼠が飛び込んだぞ」

「船だ、早く船を出せ」

大きな水音を聞きつけて岡っ引きが走り去る。六助は這《は》うようにして横たわる余一のそばに寄った。

「おい、余一。しっかりしろっ」

手探りで身体をゆすったものの、怪我《けが》の程度がわからない。言葉を返してくれない相手にどんどん不安が増していく。

「この馬鹿、どうしてかばったんだ。俺なんかが生きていたって誰も喜ばねぇだろうが」

土手の古着屋が死んだところで、悲しむ者は誰もいない。だが、余一は違う。お糸はもちろん、始末を頼む多くの客がその命を惜しむだろう。

自分が安蔵に狙われたのは、所詮自業自得なのだ。余計なことをしやがってと濡れた身体に縋《すが》りつき、涙ながらに呼びかけていたら、

「あれ、とっつぁん」

急に余一が起き上がったので、六助は目を剝いた。

「お、おめぇ……な、なんで」

安蔵が匕首ごとぶつかる姿を自分はこの目で確かに見ている。荒事《あらごと》に慣れたあの男

が急所を外すとは思えない。まるで浅瀬の魚のように口をパクパクさせていたら、ややあって余一が呟いた。

「どうやら、お政さんに助けられたらしいな」

差し出された風呂敷包みには、安蔵の匕首が光っていた。

八

その後、櫓長屋で泥だらけのきものを着換えてから、六助は目を皿のようにして余一の無事を確かめた。

「それにしても、納得いかねぇ」

「何が」

「俺はさんざん痛い思いをさせられたのに、おめぇは命を救われるなんて。どう考えてもおかしいじゃねぇか」

油断をすると涙が出そうで、わざと余一に突っかかる。こんなところでうっかり泣けば、馬鹿にされるに決まっていた。

「だいたい、なんでかばったりしたんだよ。こちとら老い先短《みじけ》ぇんだ。おめぇにかばわれて生き残っちゃ、お糸ちゃんに合わせる顔がねぇ」

しかめっ面で口にしたのは、照れ隠しというより本音である。いつもと変わらぬ憎まれ口を余一は平然と受け止めた。

「仕方がねぇだろう。つい身体が動いちまったんだから。それにさっきの言葉は間違ってるぜ」

「何のこった」

さっきの言葉がどれかわからず、ぽかんと余一の顔を見る。今まで口にしたことは、どれも自分の本音ばかりだ。たとえ長い付き合いでもとやかく言われる筋合いはない。

そう言おうとしたら、余一がすっと顔をそむけた。

「とっつぁんが生きていたって、誰も喜ばねぇって言っただろうが」

一瞬何のことかわからず、六助は目を瞬《しばた》く。少しして余一が刺されたと思い、叫んだ言葉を思い出した。

――この馬鹿、どうしてかばったんだ。俺なんかが生きていたって誰も喜ばねぇだろうが。

だが、あのとき余一は気を失っていたはずだ。束の間首をかしげてから、「この野郎っ」と怒鳴る。

「おめぇ、わざと気を失ったふりをしていやがったな」

「わざとだなんて人聞きの悪い。おれもてっきり刺されたと思ったんだよ」

六助をかばったせいで代わりに刺される恰好になった。身体ごとぶつかられ、腹に一発くらったような鈍い痛みを感じたという。

「今にして思えば、その割に痛くなかったんだが……傷が深いとかえって痛みを感じないのかと思ったのさ」

真顔で呑気《のんき》なことを言われ、身体中の力が抜ける。とはいえ、帯で急所をかばったのは上出来だと伝えたら、「そんな器用な真似、できる訳ねぇだろう」と言われてしまった。

「あのとき、おれは両手でとっつぁんを突き飛ばしたんだぜ。帯なんざ持っているもんか」

言われて思い返してみると、傘と提灯を持ったまま棒立ちになっていた自分の肩を確かに両手で押された気がする。ならば、放り出したはずの帯にどうして匕首が刺さっていたのか。

「だから、お政さんが救ってくれたって言ったじゃねぇか。とっつぁんは不服そうだけどよ」

今となっては、闇に覆われた雨の中で起こったことを明らかにする術《すべ》はない。唯一はっきりしているのは、二人とも無事だったということだけだ。それを心底ありがたいと思いつつも、「なぁ、余一」と話しかける。

「今度こういうことがあったら、決してかばってくれるなよ」

安蔵の生死は不明だが、この先どんなことがあるかわからない。そのとばっちりが余一にいくことは避けたかった。

「俺が狙われるのは、身から出たさびって奴だ。おめぇはせいぜい巻き添えを食わねぇようにしてくんな」

「そんなことを言われても、こっちだって困るんだよ」

「なに」

「おれだってかばいたくて、かばった訳じゃねぇ。勝手に身体が動いたんだ」

だから、そんなことを言われてもできるかどうかわからねぇ。いつもと変わらぬしかめっ面を六助はまじまじと見つめてしまった。

付き合いだけは長いものの、特に余一をかわいがったり、世話を焼いた覚えはない。むしろ昔馴染みをいいことにこき使っているだけだ。怪訝な思いで見つめていたら、余一がぶっきらぼうに言った。

「……餓鬼の頃、親方以外でおれの名を呼んでくれたのは、とっつぁんしかいなかったんだ。仕方ねぇだろう」

「はあ？」

「親方のところに仕事を頼みに来る連中は、おれのことを『おい』とか『小僧』って呼んでいた。そんな中でとっつぁんだけが名前を聞いてくれたじゃねぇか」

――坊主、おめぇの名は何ていうんだ。

ただそれだけのことが幼い余一にはうれしかったらしい。「よいち」と答えると、「どんな字を書くんだ」と続けて聞かれたという。

「そのときはまだ自分の生まれなぞ知らなかったが、『余った一』って名が妙だってことは感じてた。けど、聞かれちまったからには仕方がねぇ。正直に答えたら、とっつぁんが言ったのさ」

――なかなか縁起のいい名じゃねぇか。余り物には福があるぞ。

そして頭を撫《な》でてくれたと照れくさそうに余一は言った。

「実のとこ、そんないいもんじゃなかったけどな。ずいぶんと長い間、とっつぁんの言葉がおれを支えてくれていた」

思いがけないことを言われて、言葉が出て来なくなる。代わりに涙が出て来そうで、慌てて目に力を込めた。

親方のところで出会ったとき、余一は顔色の悪い痩《や》せた餓鬼だった。周りの大人に相手にされず、目ばかりきょろきょろ動かしていた。

――坊主、おめぇの名は何ていうんだ。

あのとき名前を聞いたのは、別にやさしさからではない。こいつに比べればまだしも自分は恵まれている。二十も年下の子供を見て、とっさにそう思ったからだ。自分は並みより不幸だが、世の中下には下がある。自分がこいつくらいのときは、親の膝で甘えていられた。

そんな思いが言わせた言葉を後生《ごしょう》大事にしていたのか。たかがそんなことのためにおまえは俺をかばったのか。自分を「とっつぁん」と呼び出したのも、名を呼んでくれるのが親方と六助しかいなかったからだろう。

言ったこっちは、まるで気にしていなかったのに。

「だから、とっつぁんも情けねぇことを言うんじゃねぇよ」

「えっ」

「とっつぁんに死なれたら、おれは……困る。お糸ちゃんやだるまやの親父《おやじ》さんだって悲しむはずだ。立場をひっくり返してみたら、わかりそうなもんじゃねぇか」

飾らない言葉に止《とど》めを刺され、目から涙があふれ出す。まさかこの年になってこんな姿を見せるなんて。六助、一生の不覚だ。

慌てて袖で顔を拭いたら、「こいつで拭きな」と手ぬぐいを差し出された。

「これはさっきの雨の名残《なごり》だ。俺は泣いた訳じゃねぇ」

「おれだって年寄りの泣き顔なんざ見たくもねぇや」

余一は軽口を言ってから、命を救ってくれた帯を板の間の上に広げた。

「へぇ、母親ってのはえらいもんだな。匕首が突き抜けているのは、唐子の刺繍のないとこだけだ」

そう言って帯をほどこうとしたので、六助は慌てた。

「おい、そんなことをして大丈夫かよ」

「そんなにびくびくしなくても、頭痛はもう起きねぇって」

自信たっぷりに請け合って、余一は手早く帯をほどく。すぐに「とっつぁん」と呼ばれ、恐る恐る見てみれば、

「こりゃ、子供の手形じゃねぇか」

「ああ、かわいい我が子の成長の証らしい」

帯の中の木綿の芯には、少しずつ大きくなっていく紅葉《もみじ》のような手形が五つ並んで

いた。きっと正月が来るたびに押していたのだろう。

「この手が今もお政を摑《つか》まえて放さねぇのさ」

どこかうらやましそうな呟きに六助も無言でうなずいた。お久美に我が子を託して亡くなった母親の気持ちが身に沁《し》みる。

「帯は結ぶもんだからな。お政は今でも卯吉と結ばれているんだろう」

「そうだな」

この小さな手が一人前に育つまで、いや、育った後も、金太郎顔の唐子の帯は卯吉を見守り続けるに違いない。

そして雨の上がった翌朝、大川から安蔵の土左衛門《どざえもん》が見つかった。

表と裏

一

　おみつにとって、お玉お嬢さんはこの世で一番大事な人だ。だから、差し出がましいと思いながらも、あれこれ言いたくなってしまう。

「お嬢さん、もう佐野屋《さのや》の御隠居さんのところに行くのはやめませんか」

　思い切って切り出すと、お玉はちらりとこっちを見た。

「やっぱり、根岸まで歩いて行くのが大変なんでしょ。だから、ひとりでもいいって言ったのに」

　佐野屋は馬喰《ばくろ》町にあるろうそく問屋だが、隠居の小衛門《しょうえもん》は根岸の寮でひとり暮らしをしている。そこには趣味人の小衛門が集めた骨董《こっとう》の名品があるそうで、お玉は用事を見つけては根岸に足を運ぼうとする。今日も、おみつはお玉の乗った駕籠《かご》の後ろを歩いてついていったのだ。

「このところの雨で足元が悪いし、根岸までは遠いもの。次は駕籠を二挺《ちょう》呼ぶわ。だったら、文句はないでしょう」

どうやらお玉は、ぬかるんだ道を歩き疲れてへそを曲げたと思ったらしい。勘違いも甚《はなは》だしいとおみつはひそかに憤慨する。お嬢さんのためならば、たとえ火の中、水の中だ。足元が悪いくらいのことで意見をしたりするものか。

「あたしが申し上げているのは、そういうことじゃありません」

「だったら、どうして。佐野屋の御隠居さんは江戸でも指折りの目利きだし、おばあ様の知り合いよ。遊びに行って何が悪いの」

不思議そうな様子を見て、おみつはため息をつきたくなった。

お玉は大伝馬町《おおでんまちょう》にある紙問屋、桐屋の箱入り娘である。世間の相場に従えば、豪華な振袖《ふりそで》をひるがえし、芝居見物に夢中になっている年頃だ。

しかし、お玉はそういうお嬢様とはまるで違う。実の母よりも祖母にかわいがられたため、祖母の遺《のこ》したきものを着て、遺品の骨董を撫《な》でさする。結果、器量はいいほうなのに、見た目も中身も年寄りじみた十七歳になってしまった。もっとも、そういう人だからおみつは救われたのだけれど。

ただし、世間を知らないという点ではそこらのお嬢様と変わらない。人には表と裏があると教えなくてはならないようだ。おみつはわざと咳払《せきばら》いして、しかつめらしい顔をつくった。

「佐野屋の御隠居さんは、ひとりでお暮らしですよね」

「確か下男もいるはずだけど」

「……なら、言い方を変えます。御隠居さんのところは男所帯ですよね」

「あそこの御新造さんは半年前にお亡くなりになったもの。おみつだって知っているでしょ」

何を今さらと言いたげな様子にますます頭が痛くなる。そう、もちろん知っている。だから、心配なのである。

「お嬢さんは、嫁入り前の大事な身体なんですよ。人里離れた男所帯で間違いがあったらどうします。たとえ何もなくたって、大隅屋の若旦那の耳に入れば、あらぬ誤解を受けかねません」

早口でまくしたてたところ、お玉は目を丸くして、すぐにころころ笑い出した。

「何を言い出すかと思ったら。佐野屋の御隠居さんは還暦のおじいさんよ。いくらなんでも邪推が過ぎるわ」

「いいえ、男なんてものはいくつになっても油断ならない生き物です。伊勢屋の隠居がいい例ですよ」

かつて、おみつが継母に「奉公しろ」と言われたのは、煙草《タバコ》問屋伊勢屋の隠居のところだった。その隠居は女中に必ず手を出すと評判の助平爺《すけべいじじい》で、震え上がったおみつはお玉に泣き付き、桐屋に奉公させてもらった。

「万が一にも何かあってからじゃ取り返しがつきません。どうしてもというんなら、佐野屋の御隠居さんに大伝馬町まで来てもらってください。養子に身代《しんだい》を譲ったと言っても、あれだけかくしゃくとしていなさるんです。たまには馬喰町にも顔を出していなさるでしょう」

馬喰町は大伝馬町のすぐそばだし、桐屋の中なら安全だ。押し付けがましい意見にお玉は嫌な顔をした。

「あたしは御隠居さんの持っている骨董が見たいのよ。御隠居さんの顔が見たい訳じゃないわ」

「なら、茶碗でも壺《つぼ》でも持って来てもらってください」

半目になってにじり寄れば、お玉は口を尖《とが》らせる。あの御隠居に限って不埒《ふらち》な真似《まね》をするものかと信じているようである。

一代で佐野屋を起こした小衛門は、大柄で目つきが鋭い上に腰だってまだ伸びている。女っ気のない暮らしに飽きていてもおかしくない。だんだん暑くなってきたから、きものの合わせもはだけがちだ。もののはずみで押し倒されたら、乳母日傘《おんばひがさ》の箱入り娘はろくな抵抗もできないだろう。

還暦の相手にそこまで構えてしまうのは、おみつが小衛門の人となりを信用していないからだ。自身は骨董集めに大金を使っていたくせに、苦楽を共にした御新造はみじめな着たきり雀《すずめ》だった。いつも着ていた栗皮色《くりかわ》（赤みの濃い茶色）の紬《つむぎ》には膝下《ひざした》に大きな染みがあって、おみつは寮に行くたびに気になったものだ。

――いい年をして粗忽《そこつ》なものだから。でも、ねじり梅みたいな形で、模様みたいに見えるでしょう。

御新造はそう言って微笑《ほほえ》んでいたけれど、おみつは腹が立って仕方がなかった。店を大きくしたのは御隠居の才覚でも、御新造の内助の功だって一役買っていたはずだ。少しも報いてやらないなんて、どこまでケチな男なのか。

佐野屋夫婦には子ができず、夫婦養子に店を継がせた。恐らく御隠居はそれが不満で御新造につらく当たるのだろう。

だが、子供ができなかったのは女房ひとりの責任か。己の不甲斐《ふがい》なさを棚に上げ、女を粗末にする男は用心してかからねば。

「それでもお嬢さんが行くとおっしゃるのなら、あたしが必ずついていきます。ええ、根岸だろうと千住《せんじゅ》だろうと、どこまでもついていきますからね」

断固として言い張れば、お玉が首をすくめる。ようやくこっちの覚悟を感じ取ってくれたらしい。これでひとつは片付いたと、おみつは次の話題に入る。

「だいたい、お嬢さんには根岸に行くより大事なことがあるでしょう」

「何よ」

「大隅屋の若旦那にお返しの品を贈ることです。振袖をいただいてからもう二月も経《た》つっていうのに、なにをもたもたしていなさるんですか」

無論、お礼の文は届けてあるし、桐屋から大隅屋に相応なものも届けてある。しかし、お玉から綾太郎へのお返しは何もしていなかった。

「親の決めた縁談だもの。放っておいても大丈夫でしょ」

「そういうことじゃ困りますって、何度も申しあげたはずですっ」

むっとした様子に臆することなく、おみつはまともに言い返す。奉公人という立場を考えれば分を過ぎた振る舞いだが、相手のためを思えばこそ言わずにはいられない。

噂《うわさ》によれば、近頃綾太郎は吉原遊びを覚えたらしい。しかもその敵娼《あいかた》は、吉原一の売れっ子である西海屋の唐橋だとか。それだけでも油断がならないのに、綾太郎はだ

るまやの看板娘、お糸にも近づいていたのである。すぐは

お糸はおみつの幼馴染《おさななじ》みで、大隅屋の若旦那がお玉の許婚《いいなずけ》だと知っている。すぐはねつけてくれたものの、それを知ったおみつは青くなった。

お玉の器量は悪くないが、お糸に比べるとやや劣る。まして、「西海天女」の異名をとる唐橋花魁《おいらん》と比べたら、見劣りするに決まっていた。

綾太郎はいつの間に並外れた美女好みになったのだろう。これでは嫁に行ったあと、お玉はきっと苦労する。

それでなくても、親の決めた縁組で本人の気持ちは二の次だ。ごねる跡継ぎに父親が「好きな女は外で囲え」と耳打ちしていたらどうしよう。男はそれでよくっても、女のほうはたまらない。こうなると、金があるのも良《よ》し悪《あ》しだった。

貧乏人同士だと、気持ちひとつが持ち物だ。相手を思っていなければ、最初《はな》から一緒になったりしない。

だから、おみつの父親は血のつながった娘より後添《のちぞ》いの継母を大事にした。親子はいがみ合っても親子だけれど、夫婦は他人のくっつきあいだ。相手を思う気持ちがなければ、一緒に暮らしていけないのだろう。

お玉がしあわせになるためには、綾太郎に思われることが何よりも重要だ。そのた

めの努力を今やらないでどうするのか。身を乗り出して訴えれば、お玉の眉間《みけん》にしわが寄った。

「そんなことを言ったって」

「何事も最初が肝心なんです。後悔は後でするもんですよ」

今日こそ腰を上げさせようとおみつが腹から声を出す。桐屋に奉公に上がって以来、お玉に恩を返したい、誰よりもしあわせになって欲しいと願い続けてきたのである。

ところがこの春、筋違いな妬《ねた》み心でお玉の祖母のきものを引きちぎってしまった。その後、余一に諭《さと》されて恐る恐る頭を下げると、お玉はすんなり許してくれた。

——おばあ様のきものより、おみつのほうが大切だもの。

その一言に自分がどれほど救われたか、たぶんお玉はわかっていない。一生、お嬢さんのために尽くそうとおみつは決意を新たにした。

たとえ機嫌を損じようとも、言うべきことはきちんと言う。忠臣とは諫言《かんげん》をもって主人に仕えるものなのだ。

「それでなくても、お嬢さんはいろいろ誤解されやすいんです。もっと着飾ってくだされば、評判の小町娘になれるのに」

「人を見た目で判断してはいけないって、おばあ様がおっしゃっていたわ」

「それはそうですが、判断する人もいるんですっ」

少なくとも、綾太郎は女を見た目で判断する——とは言えなくて、おみつはとっさにこぶしを握る。

「何事もいいに越したことはありません。贈りものだってそうです。何も贈らないより、気に入りそうなものを贈ったほうがいいに決まっています」

だから「何を贈るか真面目《まじめ》に考えてください」と続けたら、お玉の目が眇《すが》められた。

「あたしは綾太郎さんが大隅屋の跡取りってことしか知らないのよ。口を利いたこともないのに、何を贈ればいいかなんてわかりっこないわ」

恨めしそうな声を聞いて、おみつもはたと考え込む。

確かに、今のところわかっているのは「綾太郎がきものと美女を好む（らしい）」ということだけだ。呉服問屋の若旦那にまさかきものは贈れないし、美女にいたっては論外である。

しかし、綾太郎の好みなんて誰に聞けばいいのだろう。大隅屋の奉公人に探りを入れることはできるが、果たしてそれが正しいかわかったものではない。

さて困ったと思ったとき、しかめっ面《つら》をした男の面影が頭をよぎった。

二

翌日、いきなり訪ねて来たおみつに余一はとまどいを隠さなかった。

「大隅屋の若旦那の欲しいものって言われても。おれはあの人と親しい訳じゃねぇんだし」

「でも、若旦那と知り合いで、年もそれほど違わないでしょう。女のあたしじゃ気付かないこともあるだろうし、相談に乗ってくれないかしら」

両手を合わせて頼み込んだが、相手の返事は素っ気なかった。

「おれみたいな職人に金持ちの好みなんざわかるはずもねぇ。他所《よそ》で相談してくれ」

いつも通りの愛想のなさで追い返されそうになったとき、

「頼んでおいた始末はできたかい」

返事を待たずに腰高障子を開けて入って来たのは、背の高い御高祖頭巾《おこそずきん》の女だった。瑠璃《るり》色の青海波《せいがいは》の単衣《ひとえ》に深川鼠《ねずみ》の帯を締めている。すらりとした立ち姿は、まるで錦《にしき》絵《え》から抜け出たようだ。しかも上品な出《い》で立ちをしている割に危うい色気を感じさせる。見たことのない類《たぐ》いの美人におみつはごくりと唾《つば》を呑《の》んだ。

お糸が青空の下で仰《あお》ぎ見る七分咲きの桜なら、こっちは夕暮れの土手で咲く血の色をした彼岸花《ひがんばな》だ。花は際立って美しいのに見ている者を不安にさせる。そんなことを思っていたら、余一が怒ったように言った。

「始末が終わったら、おめぇのところに持って行くと言っただろう。顔を出されちゃ迷惑だ」

「そんなことを言って、あたしの頼んだやつは後回しにしてんだろ。おや、先客がいたんだね。後から来て御免なさいよ」

乱暴なもの言いを受け流し、御高祖頭巾の女はおみつに微笑みかける。あだっぽい表情に赤くなると、余一の声がいっそう尖った。

「もう用は済んだだろ。千吉《せんきち》、とっとと帰《けえ》りやがれっ」

誰に言ったのかわからなくて、思わず辺りを見てしまう。ここには余一しか男はいない。おかしいなと思っていたら、御高祖頭巾の女の口から野太い声が吐き出された。

「女の恰好《かっこう》をしているときは、千吉って呼ぶなって言ってんだろ。そも、おめぇの仕事が遅いから悪いんだろうが」

「こちとら天気相手の商売だ。この時期、思うように仕事がはかどらねぇのは当たり前だろうが」

「だからって、いきなり喧嘩腰《けんか》になる奴があるかよ。こっちの娘さんだって、事情がわからずに目を丸くしているじゃねぇか。なぁ」

「え、ええ」

何が何だかわからないのは本当なので、促されるままにおみつはうなずく。その返事に意を強くしたのか、御高祖頭巾は胸をそらした。

「ほれ見ろ。娘さんだって俺の味方だぁな。おめぇさん、名は何てんだい」

「おみつ、です」

「そうかい、俺は千吉ってんだ。ただし、女の恰好をしているときは『お千《せん》さん』って呼んでくんな」

相手の名前は聞こえたものの、言われた意味が摑《つか》めなかった。目の前の人物は千吉というらしい。千吉はふつう男の名前で、女の恰好をしているときだけ「お千」と呼べということは……。

「あなた……男、なんですか」

にわかに信じられなくて上ずった声で問い返す。

なるほどそう言われれば、女にしては背が高すぎるし、肩もけっこう張っている。よく見れば喉仏《のどぼとけ》だってあるのだが、今の今までその美貌《びぼう》に目を奪われて男だなんて気付かなかった。

これなら名乗らない限り、見破られることはないだろう。見事な化けっぷりに唖然《あぜん》としていたら、相手は口元を袖で隠して「ふふ」と笑った。

「そいつは女を食い物にして、遊び暮らしているろくでなしだ。絶対関わり合いになるんじゃねぇぞ」

振り返れば、余一が苦りきった顔で言い放つ。千吉は気にする風もなく意味ありげに微笑んだ。

「せっかくの晴れ間に、女を長屋に連れ込んでいるおめぇが言える筋合いかねぇ。おみつちゃんとやらはずいぶんと思い詰めた顔をしているじゃないか。この朴念仁《ぼくねんじん》に何の用で来たんだい」

「あ、あたしは相談したいことが」

正直に答えようとしたら、

「おめぇは黙ってろ！」

怒鳴るように遮られ、おみつは肩を震わせる。余一にこんな扱いをされるとは夢にも思っていなかった。お玉の祖母のきものを破って途方に暮れていたときは、迷惑そうな顔をしつつも相談に乗ってくれたのに。

──肝心なのは、血がつながっているかどうかじゃねぇ。自分に情けをかけてくれる人がいたかどうかだ。その思い出さえあれば、その人のもんなんざ残っていなくてもいいじゃねぇか。第一、おめぇさんには何より大事なお嬢さんがいるんだろう。あの言葉があったから、おみつは桐屋に戻ることができた。余一は親の顔を知らないどころか、形見すら持っていないという。身内に恵まれない者同士、お互い通じるものがあるとひそかに思っていたのである。

居たたまれなくなって帰ろうとしたら、千吉に腕を摑まれた。

「そんなしおれた顔をされて、見過ごせるほど薄情じゃねぇ。俺でよけりゃ、相談とやらに乗ってやるよ」

赤い唇が放った言葉に余一の眉《まゆ》がつり上がる。

「いきなり何をぬかしやがる」

「それが嫌なら、おめぇも相談に乗ってやりゃあいい。俺に近づけたくねぇからって、怒鳴って追い返そうとするなんざ野暮が過ぎるってもんだ。かわいそうに、おみつちゃんは泣きそうな顔をしているぜ」

では、さっき余一が怒鳴ったのは自分を思ってのことだったのか。意外な思いで見つめれば、くやしそうな歯ぎしりが聞こえた気がした。

「大店《おおだな》の若旦那が許嫁からもらって喜びそうなもの、か。だったら、余一より俺に聞いて当たりだぜ。女にはいろいろもらっているんでね」

店の名は伏せて大まかな事情を説明すると、上がり框《がまち》の上に腰を下ろした千吉が自信ありげにふんぞり返る。余一は不機嫌な表情のままぼそりと言った。

「おめぇが喜ぶものと言ったら、金に決まっているじゃねぇか」

「そりゃ金が一番だけど、きものや帯もうれしいよ。でも、煙草入れや紙入れは駄目だ。相手ごとに取り替えるのが面倒くさくて」

その言葉にひっかかるものを覚えつつ、おみつはおずおずと口を挟む。

「あの、相手は呉服問屋の若旦那なので……きものや帯はちょっと」

「ああ、そうか。それじゃきものはまずいだろう。かといって、八百善《やおぜん》の料理切手じゃあんまり色気がないだろうし」

八百善は江戸で指折りの料亭で、そこの料理切手はかさばらない進物としてお武家や大店の主人に人気がある。それはおみつも知っているが、若い娘の贈り物としてはいろいろ間違っている気がする。

だが、初対面にもかかわらず知恵を貸そうとしてくれている。あからさまに異を唱えるのは失礼だろうと思っていたら、余一が頭巾に包まれた千吉の頭を叩《たた》いた。

「いってぇな。何しやがる」

「この人が言っているのは、そういうことじゃねぇ。もっと気持ちの伝わるものを贈りたいと言ってんだ」

思いを代弁してもらい、おみつは何度もうなずく。すると、今度は千吉がしかめっ面を作った。

「へん、惚《ほ》れた相手にもらったもんなら文反古《ほご》だってうれしいが、どうでもいい相手からじゃ値の張るもんが一番だ。金ってなぁ、命の次に大事だからな。そいつをたくさん使ってやれば、嫌でも思いは伝わるさ」

「……それは、そうかもしれないけど」

お玉は桐屋の娘だから、金に飽かせた品物を贈ることは簡単だ。御新造さんは派手好きだし、許婚に贈ると言えばいくらでも金を出すだろう。

けれど、そういうものを受け取って、綾太郎はお玉のことを憎からず思ってくれるだろうか。親が決めたというだけでなく、一生を添い遂げるにふさわしい相手だと考えるようになるだろうか。心許《こころもと》ない思いでいたら、思いついたように余一が言った。

「おめぇんとこのお嬢さんは裁縫《おはり》ができるか」

「裁縫、ですか」

思ってもいなかったことを聞かれて、すぐに答えられなかった。お玉は芸事全般には長《た》けているが、裁縫や料理はあまりしない。それは女中や下働きがするからとしどろもどろに説明すれば、余一が渋い顔をする。

「つまり、できねぇってことかい」

「あの、お嬢さんに何を縫わせようっていうんですか。代わりにあたしが縫いますから」

おみつが身を乗り出すと、余一は首を左右に振った。

「これぱっかりは、お嬢さんがてめぇで縫わなきゃ意味がねぇ」

重ねて聞けば、「これから暑くなることだし、若旦那の浴衣《ゆかた》を縫ったらどうか」と言う。いかにも余一らしい意見を千吉は鼻で嗤《わら》った。

「おいおい、呉服問屋の若旦那に素人《しろうと》の縫った浴衣を贈ってどうすんだよ。下《くだ》り酒を扱う酒屋に百姓の作ったどぶろくを贈るようなもんじゃねぇか」

「高い酒を飲みつけているからこそ、素朴などぶろくをうまく感じることもある。どんなにうまい酒だって、毎日飲んでりゃ飽きがくるさ」

ましで苦労知らずの許嫁が自ら縫ったものだと思えば、その粗い針目から伝わるものがあるに違いないと余一は言った。

「大隅屋ほどの金持ちなら、金で手に入るもんなんかありがたくもねぇだろう。おれはそう思うがね」

言われてなるほどと思う一方、おみつはすぐにうなずけなかった。嫁に行く前から「裁縫が下手」だと先方に知られていていいのだろうか。腕を組んで考え込むと、余一に肩を叩かれた。

「あとは店に帰って、お嬢さんと相談しな」

そういう相手のまなざしは「さっさと帰れ」と告げていた。

三

数日後、思案に困ったおみつはお使いの帰りにだるまやに立ち寄った。

余一からは「お嬢さんと相談しな」と言われたけれど、当の本人はやる気がない。「これなら綾太郎も気に入るはずだ」と説得できるものでなければ、話を聞いてくれないだろう。

とはいえ、今度ばかりはお糸に相談しづらかった。なにしろその綾太郎を袖にしたばかりである。しかもその際、ずいぶん嫌なことを言われたらしい。

――あたしみたいな一膳飯屋の娘がなびかなかったんで、若旦那は面白くなかったんでしょう。

お玉の許婚を悪く言ってはまずいと思ったのだろう。お糸は詳しく語らなかった。

そんな義理堅い幼馴染みに「余一に会った」とは言えなかった。気性も器量もお糸のほうがはるかに上だとわかっている。何より、お糸はおみつにとって一番大事な友達だ。それでも、余一に傾いていく心を止めることができなかった。

神様はどうしてあたしにばかり意地悪をしなさるんだろう。お糸と同じ人を好きになっても、勝ち目がないのはわかっているのに。

やましい思いを胸に秘め「綾太郎に何を贈ったらいいか」と切り出したところ、案の定、お糸は黙ってしまった。

「ほら、あたしは若旦那に会ったことがないもんだから。お糸ちゃんにしてみれば、聞きたくない名だと思うけど」

取り繕《つくろ》うように続けると、相手は小さく首をかしげた。

「……あたしだったら、浴衣でも縫うところだけど……いただいたものが振袖じゃ、まるっきり釣り合いが取れないわね」

余一と同じ考えにおみつは内心どきりとする。「どうして浴衣なの」と尋ねたら、お糸の顔が赤くなった。

「それは、だって……わかるでしょう」

「わからないから聞いているのよ」

恥ずかしそうな上目遣いになんだか胸がちくちくする。早く言えとせっつけば、不承不承教えてくれた。

「だって、浴衣は肌の上から着るものだから……好きな人には、他の人が縫ったものなんて着て欲しくないじゃない」

「あ、ああ、うん。そう、かも」

あやふやな言葉を返しながら、おみつもつられて赤くなる。こそばゆい沈黙が流れたあと、お糸が困ったように言った。

「あたしはやっぱり、お金持ちの喜びそうなものなんてわかんないわ。力になれなくてごめんなさい」

「ううん、あたしこそ変なことを聞いちゃって」

首だけでなく手も振れば、お糸が照れたように笑う。

こんなにお糸はきれいなのに、余一は何が不満なのか。自分の顔が整っているから美醜はどうでもいいのだろうか。それとも、綾太郎以上にこだわっているのか。埒《らち》もないことを思っていると、お糸が表情を曇らせた。

「ねぇ、近頃八百久《やおきゅう》に顔を出してる？」

八百久はだるまやと同じ岩本町内にある青物《あおもの》屋で、おみつの父が営んでいる。どうして今さらとおみつは相手の顔を見た。

「まさか。あたしは実家にいられなくて、桐屋に奉公に出たのよ。お糸ちゃんだって知っているじゃない」

お糸は一番の友達で、自分の家の事情は誰よりもよく知っている。にもかかわらず、そんなことを言い出すなんて――変だと思った次の瞬間、勝手に口が動いていた。

「ひょっとして、八百久で何かあったの。おとっつぁんの具合が悪いとか、だるまやさんと揉《も》めたとか」

我知らず、顔つきが変わっていたのだろう。お糸はしばしためらっていたが、意を決した様子で顔を上げた。

「おみつちゃんが奉公に出てから、うちとは付き合いがないんで確かな話じゃないんだけど……八百久さん、うまくいってないみたいなの」

「うまくいってないって、どういうこと」

「隣りの人の話だと、毎晩夫婦で怒鳴り合う声が聞こえるみたい。商売のほうもあまりいい噂を聞かないし」

お糸が精一杯言葉を選んで話しているのはすぐにわかった。薄い壁しかない貧乏長屋と違い、おみつの父が営む店は雨戸のついた表店《おもてだな》だ。それでも隣り近所に聞こえるというのだから、さぞかし派手な喧嘩をしているのだろう。

実家で一緒に暮らしていたとき、父はいつだって継母の味方だった。父と継母と弟の大吉《だいきち》でひとまとまりになり、自分ひとりが爪《つま》はじきにされていた。だから、今は三人仲よく暮らしているとおみつは思い込んでいた。

父の久兵衛《きゅうべえ》は面倒を嫌う性質《たち》で、相手に強く出られると言いなりになるところがある。押しの強い継母と毎晩喧嘩をするなんて何があったのだろう。

娘を女中とは名ばかりの妾《めかけ》奉公に出そうとした親である。しあわせを祈っていたとは言えないけれど、うまくいっていないと知って喜べるものでもない。

目の前で親に喧嘩をされれば、まだ幼い弟は身の置き所がないだろう。つきりと胸が痛んだとき、奉公に出る前に継母から言われた言葉を思い出した。

――近頃は商いもはかばかしくないからね。

三年前に言われたときは、自分を追い出すための方便だと思っていた。けれど、本当に店が傾いていたのなら……あれからさらに行き詰まっているとしたら、放っておいていいのだろうか。

一度にさまざまなことが浮かんで、ちっとも考えがまとまらない。ろくな返事もできずにいたら、お糸が申し訳なさそうに頭を下げた。

「余計なことを言ってごめんなさい。でも、おみつちゃんには隠し事なんてしたくなかったから」

それが本心だとわかるから、おみつはなおさら胸にこたえた。こっちは余一と会ったことを口に出せずにいるというのに。

「ううん、教えてくれてありがとう」

だが、父に会って確かめることもできないまま六月になり、とうとう桐屋に継母のお喜多《きた》が訪ねて来た。

「急に押しかけて申し訳ないね。おまえも仕事があるだろうから、用件だけ言わせてもらうよ」

お喜多はそう前置きして、「十両都合して欲しい」と切り出した。

「おとっつぁんの商売がうまくいかなくなって、このままじゃ店を手放すことになりそうなんだよ。おまえはここのお嬢さんに気に入られているようだから、事情を話せば何とかしてくれるだろう」

いきなり押しかけて来た上に身勝手なことを告げられる。たちまち頭に血が昇ったが、桐屋の裏木戸で騒いだら店に迷惑をかけてしまう。おみつは息を吐き出して、怒りを鎮めようとした。

「あたしなんかにそんな大金が作れるはずないでしょう。そういう用件なら帰ってください」

「それじゃ、おまえは八百久が潰《つぶ》れてもいいってのかい。十両が無理なら、五両でもいいんだ。あの店が潰れたら、亡くなったおまえのおっかさんも悲しむに決まっている。それに大吉はどうなるんだい。あたしとおまえはなさぬ仲だけど、弟の大吉とは血がつながっているんだよ」

涙ながらに訴えられて、我知らず唇を噛《か》み締める。大吉は今年九つだが、お喜多が猫かわいがりしたせいで三年前も年よりずっと幼かった。奉公に出るような羽目になれば、さぞかし苦労するだろう。

桐屋に奉公すると決めたとき、家は捨てたつもりだった。だるまやへの行きかえりも、八百久の前を通らなかった。三人仲良く暮らしているのを目《ま》の当たりにしてしまったら、きっと自分はひがんでしまう。それがわかっていればこそ、奉公に出てからは一度も店に近寄らなかった。

だから……店が危ないなんて、夢にも思っていなかった。

「……五両も、無理だと思うけど……」

震える声で呟《つぶや》けば、継母が目を輝かせる。

「ああ、わかっているって。おまえのできる限りでいいんだから」

そして、すぐさま「いつ取りに来ればいい」とお喜多は聞いた。

「おとっつぁんだって喉から手が出るくらい金を必要としているけれど、父親としての意地ってもんがあるからね。娘からの金は受け取りづらいだろう。あたしが受け取りに来るからさ」

「それじゃお金ができ次第、おっかさんに連絡するわ」

「ああ、よろしく頼んだよ」

お喜多は今までで一番晴れやかな笑顔をおみつに向けた。


とはいえ、どうしたらいいのだろう——継母が帰ったあと、おみつは考え込んでしまった。

自分はお玉付きの女中だけれど、雇っていただいているのは桐屋の旦那様だ。無論、お玉を通してお願いしたほうが話は通りやすいだろう。だが、自分の家のことでお嬢さんに迷惑をかけたくない。

ため息をつきながらお玉の部屋に戻ると、部屋の主も戻って来た。

「おみつ、顔色が悪いわよ。どうかしたの」

「い、いいえ、何でもありません」

お玉は世間知らずだが、こういうところはやけに鋭い。おみつが慌てて打ち消せば、露骨に眉をひそめられた。

「何でもない訳ないでしょう。でなきゃ、あんたの継母がうちに来るはずないじゃないの」

どうやら、奉公人の誰かが耳に入れたらしい。気まずい思いでうつむけば、お玉が大きなため息をつく。

「十五の継子を妾奉公に出そうとした人が、わざわざ裏木戸に回っていい知らせを持って来るとは思えないわ。どうせお金の無心でしょう」

図星を指されておみつが顔を上げると、険しい表情で見つめられた。

「あたしがお嫁に行くときは、おみつも連れて行くつもりなの。あたしの知らないところで勝手に前借りなんかされちゃ迷惑だわ。いったい、いくら必要なの」

すべてお見通しの年下の主人にかしこまることしかできなくなる。

世間知らずのお嬢さんだと侮《あなど》っていたのが恥ずかしかった。いつもお玉を守っている気で、守られているのは自分のほうだ。お嬢さんの役に立ちたい、恩を返したいと心の底から思っているのに、借りばかりがたまっていく。役立たずの我が身が情けなくて、こらえきれずに涙があふれた。

「やだ、あたしは何もおみつを責めている訳じゃ……お願いだから、泣かないでちょうだい」

困ったように手を取られて、ますます涙が止まらなくなる。震える声ですべて打ち明ければ、お玉の眉がつり上がった。

「いくらお金に詰まったからって、十八の娘に十両も工面しろだなんて。お喜多って継母は何を考えているのかしら」

不機嫌な声で呟かれ、おみつはますます小さくなる。奉公といっても見習いのうちはろくな仕事ができないため、給金なんて雀の涙だ。伊勢屋の隠居は最初《はな》から手を付けるつもりだから、「女中奉公で年五両」と法外なことを言ったのだ。

「あの、十両なんて無理だってことはむこうもわかっているんです。とにかく、できるだけ用意してくれって」

「そして、できたお金はおとっつぁんでなく、自分に渡せって言ったのね」

「はい、父親としての面目があるからって」

うなずきながら説明すると、お玉の目が不快そうに眇められる。

「追い出した娘に金の無心をしておいて、何が父親の面目よ。事情はよくわかったから、おみつはもう手を引きなさい」

「どういうことですか」

「どうでも十両がいるのなら、桐屋の主人から八百久の主人にお金を貸します。当然、証文は入れてもらうし、利息だっていただくわ。それが嫌だというのなら、お金は一切貸しません」

「お嬢さん、でも」

とっさに言い返しかけたのは、父親が借りた金をちゃんと返すか心配だったからだ。もし踏み倒すようなことになれば、桐屋に迷惑をかけるばかりか、お玉の顔にも泥を塗ってしまう。

けれども、自分ならそんなことは絶対しない。命に代えても返してみせる。そういうおみつの考えをお玉はばっさり切り捨てた。

「お金ってのは、使う人が借りて返すのが道理でしょう。大事なおみつをこれ以上踏みつけにされてたまりますか」

鼻息荒く断言されて、おみつは無言で頭《こうべ》を垂れた。

四

六月に入ると晴れが続いた。青物屋の店先には西瓜《すいか》が並び、「ひゃっこぉい、ひゃっこぉい」という冷水《ひやみず》売りの声が響く。その合間に「チリリン、チリリン」と涼しげな風鈴の音も聞こえてくる。他の行商と違って風鈴売りに呼び声はない。風に揺れて生じる音色が何よりの呼び声になるからだ。

道行く誰もが「暑い、暑い」と言いながらきものの衿《えり》をくつろげる中、おみつは両手で衿を押さえ、大伝馬町から北に向かって歩いていた。額は汗で濡《ぬ》れていたが、ぬぐおうとすら思わない。

なにしろ自分の懐《ふところ》には、金十両の借用証文が入っているのだ。

――まずは、おみつのおとっつぁんに証文を書いてもらいなさい。それを受け取ってからでないと、お金は渡せないわ。

お玉の言い分はもっともだけれど、父は納得するだろうか。継母も「話が違う」と言うかもしれない。

だが、これで急場はしのげるはずだ。文句を言われる筋合いはないと、おみつが気合を入れ直したとき、

「おや、おみつちゃんじゃないか」

振り返れば、見覚えのない男前が笑顔で手を振っている。怪訝《けげん》な思いで見つめていると、相手がそばに寄って来た。

「俺だよ、俺。千吉だってば」

「千吉って……あの御高祖頭巾の？」

わざわざ確かめてしまったのは、あまりに見た目が違ったからだ。今日の千吉は月代《さかやき》を広めに剃《そ》っていて、なよなよしたところはかけらもない。きものは無地の鼠かと思えば、よく見ると刷毛目縞《はけめじま》（刷毛でつけたように細い縞）だった。遠目には無地に見えるのが小紋とはいえ、似たような色の縞柄だと近くでも一見無地に見える。

こんなに男ぶりがいいのなら女の恰好なんてしなくてもいいだろうに。思ったことを口にしたら、千吉が声を立てて笑った。

「俺がいい男だなんて、言われなくても百も承知さ。けど、俺くらいの二枚目は他にもいるが、あんな美女に化けられるのは俺しかいねぇと思わないか」

確かにそうかもしれないけれど、それに何の意味がある。黙って首をかしげると、

千吉に肩を叩かれた。

「それより、どうして亀みたいな恰好で歩いているんだい。その懐にはよほど大事なものが入っているとみえる」

「いいえ、そんなことありませんっ」

間髪を容《い》れず叫んだせいで、千吉がまたもや笑い出す。口で否定してみても態度ですべて筒抜けらしい。

「おめぇはどうも危なっかしいな。俺はこれから岩本町に行くんだが、おみつちゃんはどこへ行くんだい」

「あ、あたしも、岩本町ですけど」

「だったら、ちょうどいい。一緒に行こう」

突然の申し出におみつはとまどう。余一はこの男に「絶対に関わるな」と言っていたし、自分の懐には十両の借用証文が入っている。

けれども、道は一緒なのだ。仕方なく千吉の三歩後ろを歩いていたら、振り返って話しかけられた。

「時に、おめぇはどうして余一と知り合いになったんだい」

「……あたしの幼馴染みが、あの人の知り合いで……」

「俺は、古着屋の六さんに引き合わせてもらった。なにしろ、俺の着られるきものは限られているんでね」

　背の高い千吉は、女物のきものでは丈《たけ》や裄《ゆき》が足りない。そこで、女形《おやま》や陰間《かげま》が手放したきものを余一に始末してもらうらしい。

「けど、そういうのは派手なもんが多くってさ。気に入ったもんを大事にするには、余一の手を借りねぇ訳にいかねぇんだ」

　一方、おみつは懐の証文が気になって心はここにあらずである。上《うわ》の空で相槌《あいづち》を打っていたら、千吉に顔をのぞき込まれた。

「それにしても、そんなにしゃっちょこばってどこへ行こうってんだい。まさか八百久じゃねぇだろうな」

　軽い調子で言われた言葉におみつは息を呑む。呆然《ぼうぜん》と千吉を見上げれば、むこうも驚いた様子で足を止めた。

「まさか図星かよ。たかが青物屋に行くくらいで、どうしてそんなに力んでんだい」

「そっちこそ。何だって八百久の名が出てくるのよ」

　睨《にら》むように相手を見れば、後ろめたそうに目を逸《そ》らされる。千吉のような男がわざわざ岩本町まで西瓜を買いに行くはずがない。きっと借金取りの手先だろう。

「八百久は、あたしのおとっつぁんの店なんです。お金だったら近いうちにきっと何とかしますから、もう少し待ってください」

縋《すが》るように訴えると、千吉は目を瞬《しばた》く。

「おめぇ、八百久の娘なのか」

「そうですけど……あの、うちに用って、借金の取り立てじゃないんですか」

相手が驚いているのを見て、おみつは急に恥ずかしくなる。余計なことを言ったと後悔していたら、千吉が渋い顔で舌打ちした。

「まいったな。よりによって余一の知り合いが身内かよ」

残念そうな声を聞いてようやく頭が動き出す。

借金の取り立てでないのなら、いったい何の用だろう。再び「八百久に何の用か」と聞こうとしたら、いきなり腕を摑まれた。

「ちょいと俺に付き合ってくれ」

「こ、困ります。あたしは」

「今ついて来ないと、もっと困ったことになるぜ」

千吉は脅すように言い、強引におみつを連れて行った。

「……それじゃ、おっかさんは千吉さんに貢《みつ》ぐお金を作ろうとして、あたしに無心したっていうんですか」

千吉に連れて行かれた先は余一の櫓《やぐら》長屋だった。そこでおみつは驚くべき事実を聞かされた。

元は日本橋芳町《よしちょう》の色子《いろこ》だった千吉は、長じて年増《としま》相手の色事師《いろごとし》となった。ただし、ちょっかいを出すのは大店の御新造や後家《ごけ》ばかりで、お喜多とそういう仲になったのは「ちょっとした勘違いだった」という。

「青物屋の後添いじゃ、たいした金にならねぇからな。ところが、むこうは俺に夢中でしつっこく誘いをかけて来る。そこで五日前に『十両都合してくれ』と言ったのさ」

大店の御新造でもない限り、たやすく用意できる額ではない。これで諦《あきら》めるだろうと思いきや、お喜多は「何とかする」と言ったそうだ。

「最初《はな》は儲《もう》かったと思っていたが、まともなやり方で用意できるたぁ思えねぇ。亭主に隠れて店の沽券《こけん》を質入れされちゃ、あとで何かと面倒だ。そこで、ちょいと様子を見に行く気になったのさ」

千吉はそう言って気まずそうに顎《あご》をかく。にわかに信じ難かったが、そんな作り話をしたところで相手は一文の得にもならない。言われたことが本当だと思うしかなかった。

「あのおっかさんが、浮気をしていたなんて……」

ややあって口から漏れたのは、消え入りそうな呟きだった。父と継母は癪《しゃく》なくらい仲のいい夫婦だと思っていた。父はお喜多に気を遣い、母の三回忌が済んだあとは墓参りすら行かなくなった。継母と一緒になっておみつに小言を言い、お喜多の産んだ弟ばかりかわいがっていたのである。

そんな父を裏切ったばかりか、浮気相手に貢ぐ金を継子から手に入れようとするなんて。道理で金は父でなく自分に渡せと言うはずだ。恐らく、お玉はその辺に不審を覚えたのだろう。頭から鵜呑《うの》みにしてしまった馬鹿な自分とは大違いだ。

「あたし、今からおとっつぁんに洗いざらい話してくる」

お糸によれば、父と継母は毎晩派手な喧嘩をしているという。きっと、お喜多の心変わりを薄々察しているのだろう。今度ばかりは娘の言葉を聞いてくれるに違いない。

おみつが飛び出して行こうとしたら、背後で千吉の声がした。

「お喜多の浮気なら、亭主はとっくに知っているぜ」

言われた言葉が信じられず、履きかけた下駄を再び脱ぐ。そして、千吉に詰め寄った。

「それじゃ、どうしておとっつぁんは」

　お喜多を追い出さないんだと言おうとしたら、

「浮気をしたのは亭主のほうが先だからさ。それに女房がいなくなれば、商売はもちろん、炊事洗濯子供の世話までてめぇひとりでしなくちゃならねぇ。そいつを考えりゃ、そう簡単に別れられやしねぇって」

　思ってもみなかった言い草に身体が自然と震えだす。

　子供の頃は、継母の味方ばかりする父のことが嫌いだった。あたしはおとっつぁんの娘なのに、どうしてかばってくれないんだろう。そんなにお喜多が大事なのかと陰でさんざん恨んだものだ。

　それが今になって心変わりをしたなんて……継母のせいで父は変わったとおみつはずっと思っていた。本当はやさしくていい人なのに、お喜多に惚れたばっかりに人が変わってしまったのだ。おっかさんさえ生きていればこんなことにはならなかったと、どれほど思ったことだろう。

　しかし、それは子供の思い込みに過ぎなかったのか。実の母が生きていても、父は浮気をしたのだろうか。だとしたら、それを知らずにあの世に逝《い》った母はしあわせだったのか。

人には表と裏がある。わかっていたはずなのに、実の父は違う、根は誠実で裏表のない人だと心の底で信じていた。

「……あたしったら、馬鹿、みたい」

我知らずそう呟いたとき、涙の堰《せき》がいきなり切れた。さんざんひどい目に遭わされておきながら、いまだに信じていたなんて。手ぬぐいで顔を覆い隠し、おみつは嗚咽《おえつ》を押し殺す。

一刻も早く泣きやまないと、余一に愛想を尽かされる。それでなくとも無様な姿をさんざんさらしてしまっている。これ以上嫌われたくないと懸命に奥歯を噛み締めれば、背中をやさしくさすられた。

「おれの知り合いに手を出したら、おめぇのきものの始末は金輪際しねぇ。そう言っておいたはずだよな」

耳のそばから聞こえた声で背中の手が余一とわかる。ぐずぐず洟《はな》をすすっていたら、千吉の慌てた声がした。

「ついさっきまで知らなかったのさ。でなきゃ儲けをふいにして、身内に話したりするもんか」

千吉はどうしても余一に始末を頼みたいらしい。お糸もその腕前をほめちぎっていたけれど、おみつはよくわからない。

　そういえば、あたしは余一さんの仕事をこの目で見たことがなかったっけ――場違いなさみしさを覚えたとき、千吉がさも嫌そうに言った。

「他人《ひと》に言われるまでもねぇ。俺だってお喜多とは別れるつもりだったんだ。けど、あの女のこった。俺と別れたところで男遊びは収まらねぇぜ」

「そんなっ」

　おみつが泣き濡れた顔を上げれば、千吉が肩をすくめた。

「夫婦ってなぁ、一度こじれるとどうにもならねぇ。おめぇひとりが気に病んだって
始まらねぇよ」

　そんなことを言われても、納得なんてできなかった。

　この先も何かあるごとに桐屋へ足を運ばれては、お玉に迷惑がかかってしまう。言
われたことが本当なら、今度こそ親たちと訣別《けつべつ》するしかないだろう。無言の決心を感
じ取ったのか、余一がおもむろに口を開いた。

「千吉、そのお喜多って女を呼び出してくれ」

「呼び出してどうすんだ。まさか、てめぇが慰めてやる気かよ」

「なに言ってやがる。話を付けるだけだ」

口調はそっけないものの、どうやら余一は継母に意見をする気でいるらしい。振り向けば、こっちを見る余一のまなざしがやさしかった。

「おめぇは馬鹿なんかじゃねぇ。相手の性質《たち》が悪いんだ」

またもや涙が込み上げてきて、おみつは歯を食いしばる。一方、千吉は呆《あき》れたような声を出した。

「厄介事の嫌いなおめぇがずいぶん面倒を見るじゃねぇか」

「乗りかかった船だ。何よりおめぇは信用できねぇ」

すると、千吉は不満そうに鼻を鳴らした。

「もともと今日の八つ半（午後三時）に、池之端《いけのはた》の待合《まちあい》で会うことになっていたのさ。俺はもう降りるから、あとは適当にやってくれ」

そして千吉は立ち上がり、「これからもきものの始末はしてくれよ」と念を押す。

余一は無言でうなずいた。

五

不忍池《しのばずのいけ》の周りには、男女の逢引《あいび》き場所である待合茶屋が軒を連ねる。だが、まさか余一と二人で来ることになるとは思わなかった。

「千吉に頼まれて、付きまとっている女に話を付けに来た」

余一はよろけ縞の単衣を着て、見た目は千吉にも引けを取らない。同じようなことが前にもあったのか、女中はすぐに納得した。

「まもなくお相手が来ると思います。しばらくお待ちになってください」

女中はそれだけ言うと茶も出さずに下がっていった。衝立《ついたて》の向こうの二つ枕が生々しくて、おみつは顔を赤らめる。

「自分の目で見届けないとおめぇもすっきりしねぇだろう。気味が悪いかもしれねぇが、誓って何にもしやしねぇ」

わざわざ言葉にされなくても、こっちだってわかっている。余一が自分に付き合うのはお糸の幼馴染みだからだ。

面倒を見るのはあたしではなく、あくまでお糸ちゃんのため。その証拠に、一度だって名前を呼んでくれやしない――そう自分に言い聞かせる一方で、胸が高鳴って仕方がなかった。

これから揉め事が起こるというのに、何を浮かれているんだろう。はしたないと思っても、広がる思いを止められない。

余一と待合に行ったことをお糸が知ったらどう思うだろう。二人の仲を勘違いして余一を諦めてくれるんじゃないか。そうしたら、だるまやのおじさんは喜ぶだろうし、あたしだって……。

虫のいいことを考えかけて、我が身のあさましさに呆然とした。お糸はおみつの立場を思って綾太郎を袖にした。それに引き替え、自分は何だ。心底情けなくなったとき、聞き覚えのある声がした。

「千吉さん、会いたかった」

お喜多は襖《ふすま》を閉めるなり、余一の背にしがみつく。ここにいるのは千吉だと思い込んでいるのだろう。濃い化粧をした継母の姿に、衝立の後ろに潜んでいたおみつがたまらず飛び出した。

「おっかさん、これはどういうことっ」

「ひっ、な、なんでおまえが……」

まさかのおみつの登場にお喜多は仰天したらしい。おまけに、しがみついていた男に突き飛ばされ、その顔を見て泡を食う。

「あ、あんたは誰だい。せ、千吉さんはっ」

「おれは千吉の知り合いで、おめぇの娘の付き添いだ。どうして奴とできたのか、訳を聞かせてもらおうと思ってな」

ようやく状況がわかったらしく、お喜多が唇をわななかせる。言い訳もろくにできない相手におみつは噛みつくように言った。

「おとっつぁんを裏切っただけじゃなく、あたしに嘘をついて十両も無心するなんて。いったいどういうつもりなのっ」

仁王立ちでなじったところ、お喜多も腹をくくったようだ。青ざめた顔のまま憎々しげに睨まれる。

「ずいぶん手の込んだ真似をしてくれたじゃないか。こいつはおまえの情夫《いろ》なのかい」

「そんなんじゃないわ。話をそらさないで」

赤くなって言い返せば、お喜多はふんと鼻で嗤った。

「別にそらしちゃいないだろ。言っとくけど、悪いのはおまえのおとっつぁんのほうなんだよ。女房にはきもの一枚買ってくれないくせに、他所の女に貢がれたんじゃあたしの立場がないじゃないか」

開き直られて言い返すことができずにいたら、余一が代わりに言ってくれた。

「だが、奉公に出た娘に浮気相手にやる金を作らせなくてもいいだろう。夫婦で摑み合いの喧嘩をするなり、別れるなりすりゃあいい」

「ああ。十両返してもらったら、きれいさっぱり別れてやるさ」

「えっ」

歯を剝《む》き出したお喜多の言葉におみつは驚く。

では、自分に十両と言ったのは、千吉に無心されたからではなかったのか。こちらがそう尋ねる前にお喜多はその金の説明を始めた。

「あたしは久兵衛と一緒になるとき、十両持って嫁に行ったんだよ。夫婦別れをするときは、嫁入りのときに持参したもんを返してもらって当然だ。亭主がその金を返さないから、娘から取ろうと思ったのさ。いったい何が悪いんだい」

まるで莫連女《ばくれんおんな》のようにお喜多は立膝で啖呵《たんか》を切る。無茶苦茶なその言い分を瞬《まばた》きもせずにおみつは聞いた。

夫婦が別れるとき、妻は実家から持参したものを持ち帰ることができる。だが、このお喜多が十両も持っていたとは思えない。そもそもそんな金があれば、子持ちの八百屋の後添いに進んでなったりしなかったろう。

それに、亡くなった母のきものや櫛《くし》を自分のものにしたではないか。もらうものだけもらっておいて、金だけそっくり返せとはずうずうしいというものだ。加えて、父もお喜多も子供のことなど眼中にないのが情けなかった。

夫婦は別れれば他人になれるが、子供は違う。家を出た自分はまだしも、大吉のことはどうする気か。どっちの親に引き取られてもつらい思いをするだろう。

弟が生まれたばかりの頃、父と継母は仲睦《なかむつ》まじく赤ん坊をあやしていた。その輪に入って行けなくて、自分がどれほどさみしかったか。あの思いは何だったんだとおみつは無性に空《むな》しくなった。

「今になってそんなことを言うのなら、おとっつぁんと一緒にならなければよかったじゃない。そうすれば、あたしだって八百久にいられたわ」

言わずもがなのことを言えば、お喜多の目尻がつり上がる。そして「小娘が勝手なことを言うんじゃないよ」と怒鳴られた。

「男親ではとても娘を育てられねぇ。どうか一緒になってくれとおまえの父親が頭を下げて頼んだから、女房になってやったんじゃないか。それを何だい、えらそうに。誰のおかげで一人前になったと思ってんだっ」

厚めに塗った白粉《おしろい》のせいで、顔のしわが余計に目立つ。三年前より老けたお喜多をおみつは穴が開くほど見つめた。

確かに、多少は世話になった。けれど、お喜多は父の女房で、けっしておみつの母ではなかった。

でなければ、ろくに裁縫も教えずに「綿入れの支度は自分でしろ」と十歳《とお》の自分に言うはずがない。挙句、おみつが寒さに震えていても見て見ぬふりで放っておいた。

あのときお玉に出会わなかったら、自分はどうなっていただろう。

遠のいていたつらい思い出が次から次によみがえる。とっさに唇を嚙み締めたとき、小さな声で余一が聞いた。

「どうだ。思い切れたか」

口を開くと涙が出そうで、お喜多を睨みつけたまま無言で上下に首を振る。それを見た余一がすかさずお喜多を怒鳴りつけた。

「親の役目も果たせねぇのに、えらそうな口を叩くんじゃねぇ！」

「ひぃっ」

「この先、おめぇら夫婦がどうなろうとおみつとは関わりのねぇことだ。今度桐屋へ無心に来たら、このおれが承知しねぇからな」

面と向かって凄《すご》まれて、お喜多は余一をやくざ者と思ったようだ。何度も大きくうなずくと、這《は》うように部屋から出て行った。あの調子では、「おみつはやくざとできている」と父に吹き込むかもしれない。

けれど、それならそれでもいい。勝手に勘違いしてくれれば、再び「金を工面しろ」と言ってくることはないだろう。精も根《こん》も尽き果ててぼんやり宙を見つめていたら、余一に声をかけられた。

「おみつ、大丈夫か」

初めて名前で呼びかけられ、弾《はじ》かれたように相手を見る。そういえば、さっきも余一は言ってくれた。

――おめぇら夫婦がどうなろうとおみつとは関わりのねぇことだ。今度桐屋へ無心に来たら、このおれが承知しねぇからな。

そう言ってくれたのが、たとえお糸のためだとしても……余一が自分をかばってくれた。自分の名前を呼んでくれた。それがこんなにうれしいなんて、どこまで自分は馬鹿なのか。親との縁が切れたのにうれし涙が出るなんて、親不孝にもほどがある。

ところが、余一は涙の意味を勘違いしたらしい。

「おめぇは親にこそ恵まれなかったが、奉公先と幼馴染みには恵まれたじゃねぇか。自分が不幸だなんて思うんじゃねぇぞ」

そして肩を抱き寄せられて、ますます涙があふれだした。

その幼馴染みを心の中で裏切っていることを余一は知らない。知ったら、何と言うだろう。二度と「おみつ」と呼んでくれないかもしれない。そう思ったら、涙が止まらなくなってしまった。

「桐屋に戻ったら、泣ける場所もねぇんだろう。ここなら誰にも聞かれねぇから、好きなだけ泣いていけ」

いつになくやさしい声で言われ、おみつは何度もうなずいた。

六

桐屋に戻ってから、おみつはお玉に事の次第を洗いざらい打ち明けた。

「ですから、この借用証文はこのままお返しいたします。本当にご迷惑をおかけしました」

畳に頭を擦り付けると、「もういいわ」と手を振られる。

「それにしても、その余一って人はよくよくおみつと縁があるのね。なのに、どうしてあたしは駄目なの」

「お嬢さんが足を運ばれるようなところじゃありませんから」

池之端の待合で別れるとき、余一はおみつにこう言った。

――今やっている始末が明後日には終わる。三日後、暇があったら見に来るといい。

そこで話のついでに外出を願ったところ、「あたしも行きたい」とお玉が言い出した。

しかし、お玉まで余一に惹《ひ》かれたら取り返しがつかなくなる。頑として断れば、お嬢さんはへそを曲げた。

「その余一さんはひとり住まいなんでしょ。あたしには男所帯にひとりで行くなって言うくせに。おみつったら、ずるいんだから」

納得いかないという顔でとんでもないことを口にする。おみつはたちまち赤くなった。

「あ、あたしとお嬢さんでは立場が違います」

「ふん、おみつはそんなことを言っていつもごまかすんだから。おみつのみつは、秘密のみつね」

なるほど、そうかもしれない。あたしはお糸の知らないところで何度も余一と会っている。お糸がそれを知ったら傷つくとわかっているのに、会いたい気持ちが押さえられない。

お玉のことにしても、前は大隅屋との縁談を良縁だと信じていた。今は、誰かと一緒になることが本当にしあわせかどうか疑っている。

だからといって余一への思いを打ち明ければ、お糸との仲はおしまいだ。また、お玉には桐屋の跡を継ぐ弟がいる。産みの親の御新造さんとは仲がいいと言い難いし、いつまでも実家に留《とど》まる訳にはいかない。

どんなことも知ってしまえば、知らなかった頃には戻れない。相手を大事に思えばこそ、口に出せないこともある。

そして、三日後。おみつは約束通り櫓長屋を訪ねた。

「これが始末したばかりの品だ」

差し出されたものを見て、おみつは目を丸くする。

「あ、あの……これを本当に余一さんが」

「ああ、おれがひとりで始末した」

思わず目を疑ったのは、それがきものや帯でなく座布団だったからではない。その座布団の見栄《みば》えが悪かったからだ。

四枚の四角い布を縫い合わせた座布団は、うち三枚の布《きれ》は新しいのに、一枚だけくたびれていて大きな染みまでついている。しかも、新しい三枚はそれぞれ藤鼠《ふじねずみ》の地にむじな菊《きく》、江戸茶（赤黄みの茶）の地に紅葉《もみじ》、浅葱《あさぎ》の地に雪輪紋《ゆきわもん》と見るからに高そうな小紋であるのに、染みのついた布に限って栗皮色の無地だった。

せめてこの染みがなかったら、もう少し見栄えがよかったろう。お糸は「余一さんの手にかかれば、どんな染みでもきれいに落ちる」としきりに言っていたけれど、たいしたことはなかったらしい。

期待外れの出来栄えにおみつはこっそり嘆息し、ややあっておかしなことに気が付いた。

余一の腕がよくないのなら、千吉はどうしてこだわったのか。案外、この染みに特別な意味があるのかとじっくり見れば、染みの形に見覚えがあった。

――いい年をして粗忽なものだから。でも、ねじり梅みたいな形で、模様みたいに見えるでしょう。

子供の握りこぶしくらいの、ねじり梅みたいな形の染み……生地も栗皮色の紬だし、これは亡くなった佐野屋の御新造のきものに違いない。

とはいえ、どうして染みの部分を座布団なんかにしたんだろう。意図を摑みかねていたら、余一が話を続けた。

「これはさる御隠居さんに頼まれて、亡くなった御新造さんのきものを始末してこさえたもんだ」

「じゃ、佐野屋の御隠居さんが」

思わず名前を口にしたら、さすがに余一も驚いたらしい。「どうしてわかった」と尋ねられ、しどろもどろに説明する。

「うちのお嬢さんが佐野屋の御隠居さんとは知り合いで……そのねじり梅みたいな染みに見覚えがあったから……」

「ああ、なるほど」

余一はすぐに納得し、困ったように頭をかいた。

「やっぱり、そこでばれちまったか。だが、『その染みは絶対に落とすな』と念を押されているからな。御隠居さんも許してくださるだろう」

では、落とすこともできたのにわざと残しておいたのか。酔狂にもほどがあると呆れていたら、余一が座布団の染みを指さす。

「こいつは、御新造さんが御隠居さんをかばってついたものだそうだ」

今から五年近く前、小衛門は往来で武士と言い争った。むこうは成金の佐野屋に因《いん》縁《ねん》をつけ、金をせしめる腹だったのだろう。しかし、頑固な小衛門は「非はそちらにございます」と言って譲らず、とうとうむこうが刀の柄《つか》に手をかけた。

「そのとき、一緒にいた御新造さんが『亭主に代わって私がお詫《わ》びいたします』とぬかるんだ道に膝をつき、両手をついて謝ったそうだ」

大勢の人目のある中、女に泥まみれで頭を下げられ、これ以上はごねられないと思ったのだろう。武士は渋々その場を去り、立ち上がった御新造さんは御隠居に説教をしたらしい。

――昔のおまえさんは、こんな馬鹿なことで意地を張ったりしませんでした。頭をいくら下げたって、男の値打ちは下がらねぇって言っていたじゃありませんか。

「その言葉を聞いて、御隠居さんは反省した。けど、御新造さんは厳しいお人だったらしい。泥道に膝をついたせいで染みができちまったきものを、それからもずっと着続けたそうだ」

――人は成り上がると思いあがるもの。けれど、それがいかに危ういことか、この染みを見るたびに思い出してくださいまし。

御新造はそう言って、御隠居を戒《いまし》めたという。

「もっとも御隠居さんにしてみれば、ばつの悪い話だ。佐野屋は女房にきもの一枚買ってやらないと陰口を叩かれるのも癪に障《さわ》る。そこで新しいきものを誂《あつら》えてやったそうだが、御新造さんは袖を通さなかったんだとさ」

そして御新造が亡くなると、最後まで着ていた栗皮色の紬の他に、一度も袖を通さなかったきものが三枚残った。

――あいつは最後まで貧乏人根性が抜けない奴だった。あたしに意見するように見せかけて、実は新しいきものがもったいなくて着られなかっただけなんだよ。

佐野屋の御隠居はさも忌々《いまいま》しそうに言ったらしい。

「とはいえ、墓にきものは着せられないし、他人にやるのも業腹《ごうはら》だ。だったら、自分が使ってやろうと座布団にする気になったそうだ」

それが口実に過ぎないということはおみつにもわかる。

佐野屋の御隠居は愛用のきものと新品のきものをつなぎ合わせて、御新造さんの供養をするつもりなのだ。墓にきものは着せられなくても、生地を縫い合わせることはできる。そうすることで、あの世の御新造に新しいきものを着せた気になっているのだろう。

それにしても、佐野屋の御新造が新しいきものを三枚も持っていたなんて。着たきり雀と思い込み、御隠居に腹を立てていたことが今となっては恥ずかしい。無骨な表に騙《だま》されて、裏に隠れたやさしさをちっともわかっていなかった。

しかし、そういうことならば腑《ふ》に落ちない点がある。

「きものの染みを落とさなくていいのなら、わざわざ余一さんに頼まなくてもよかったのに。きものをほどいて座布団に縫い直すくらい、誰にだってできるでしょう」

「それが、そうでもなかったらしい」

「あら、どうして」

　尋ねると、余一がにやりと笑った。

「しつけ糸すら取っていねぇきものをほどいて、座布団にしちまおうというんだ。御隠居さんの頼みを聞くと、どこも『もったいねぇ』とやり渋ったんだと」

　言われて、なるほどとおみつは思った。

　一枚のきもので作るなら、誰もとやかく言わないだろう。だが、新しいきものを三枚ほどいて一枚の座布団にするなんて、もったいないにもほどがある。おまけに染みのついた古着と縫い合わせるというのだから、嫌がられるのも無理はなかった。

「余一さんはもったいないと思わなかったの」

「どうして、もったいないんだい。箪笥《たんす》の中で眠らせておくより、よっぽどましってもんじゃねぇか」

「だって」

　不思議そうに問い返され、おみつはとっさに言葉を濁す。余一は糸くずすら大事にするとお糸は言っていたけれど、新しいきものを切り刻むのは構わないのか。こちらの思いが伝わったらしく、余一が小さく笑った。

「裾《すそ》のところを切ったきものは、羽織や子供のきものに仕立て直すことができる。何ももったいないこたぁねぇ」

迷いのない表情に言いたいことがようやくわかった。

この人にとって大事なのは、きものそのものではない。きものに関わる人の気持ちのほうが大切なのだ。新しいきものを座布団にするなんて、作った職人にすれば不愉快かもしれない。けれど、そのきものに寄せる思いは御隠居のほうがはるかに強い。

――きものってなぁ人の思いの憑代《よりしろ》だ。

そう考える人だから、あえて染みも落とさなかった。事情を知らない人が見れば「こんな染みも落とせないのか」と侮られるかもしれないのに、余一はあくまで御隠居の思いを優先したのである。

――見た目は安いぼろだとしても、人によってはこの世に二つとねぇ大事なものかもしれねぇからな。

それがきものの始末屋である余一の矜持《きょうじ》だと思っていたら、

「それより、どうして御新造さんのきものを座布団にしたのか。そいつは気にならねえのかい」

聞かれて再び座布団に目をやり、おみつは大きくうなずいた。御新造のきものをつなぎ合わせるのが狙《ねら》いなら、座布団にする必要はない。風呂敷だって、袱紗《ふくさ》だってかまわなかったはずである。

すると、余一はうれしそうな顔をした。

「自分を差し置いてあの世に逝った怪《け》しからん女房の遺品だから、死ぬまで尻に敷いて使ってやるんだと言っていた。よっぽど御新造さんに惚れていなすったんだろう」

しかも、余一が「座布団より布団のほうがいいんじゃないか」と提案したら、にやりとして言われたという。

――布団の中では、あいつと一緒だから必要ない。

「まさか、還暦の御隠居さんにのろけられるとは思わなかった。ああいうのを本当の夫婦というんだろう」

おみつは胸が熱くなり、両手できものの合わせを押さえた。

自分の親の姿を見て夫婦の縁はもろいと感じた。これでは誰と一緒になっても、しあわせになんかなれないと思いそうになっていた。

けれど、この世には死してなお心を寄せ合う夫婦もいる。子供に恵まれなかった佐野屋夫婦は、互いに相手のことを一番に思ってきたのだろう。

御隠居が晩年になって夫婦養子を迎えたのは、最後の最後まで御新造さんに子ができるのを待ち続けた結果に違いない。そして、共白髪《ともしらが》の果てに先立たれても、今なお惚れ続けている。

神社のおみくじだって凶もあれば吉もある。そう思ったら、胸のつかえが一度にとれたような気がした。

七

風流人が多く住む根岸は江戸のはずれに位置している。足元の悪い中を歩いて行くのは骨が折れるが、暑いさかりに出かけて行くのも同じくらい厄介だ。

「だから、駕籠を二挺呼ぶって言ったのに」

佐野屋の寮の前で駕籠から降りたお玉は、汗だくのおみつを見て言った。

「いいえ、奉公人の分際でそんな贅沢《ぜいたく》は許されません」

それでなくても近頃はいろいろ迷惑をかけている。これ以上、お玉にも桐屋にも面倒をかける訳にはいかない。息を切らして首を振ると、お玉がかすかに眉を下げた。

「おみつのそういう依怙地《いこじ》なところ、あたしは嫌いじゃないけれど。お願いだから、具合が悪くなるほど我慢しないでちょうだいね」

そっちのほうが迷惑よと心配そうに続けられる。身に覚えがあり過ぎて、おみつはぐうの音《ね》も出なかった。

「おや、お玉ちゃん。久しぶり」

「御隠居さん、お久しぶりです」

門をくぐれば、にこりともせずに小衛門が迎えてくれる。どうやら、ついさっきまで昼寝をしていたらしい。二つに折られた染みのついた座布団が部屋の中に置かれていた。

「あら、その座布団」

これが見たくて来たお玉はうれしそうな声を上げる。一方、御隠居は気まずそうに咳払いをした。

「こりゃ、変なもんを見られたな。今すぐ片付けるから」

「ぜんぜん変じゃありません。ちょっと見せてくださいな」

そう言ってお玉が手を伸ばす前に、御隠居がその上に座ってしまった。

「お玉ちゃんといえども、こればっかりは見せられん」

「あら、なぜ」

「若い娘に見せると、あの世のばあさんが焼くからな」

御隠居はとぼけた様子でいい、お玉とおみつは噴き出した。

願わくば、お玉と綾太郎もこんな夫婦になれますように。ただし、子供には恵まれて欲しいけれど──おみつは心の中で祈った。

「おみつ、綾太郎さんへのお返しが決まったわよ」

根岸から戻ってお玉が唐突にそう言った。おみつは一瞬ぽかんとしたが、大喜びで手を叩く。

「それで、何を贈るんです」

「もちろん、座布団に決まっているでしょ」

得意げに鼻をうごめかされて、おみつは再びぽかんとする。佐野屋の御隠居夫婦にあやかりたいというお玉の気持ちはよくわかる。自分だって、ぜひああいう夫婦になって欲しいと思っているけれど、

「お嬢さん、お年寄りならいざ知らず、若い男の人に座布団っていうのはどうでしょう。それでなくてもこれから暑くなりますし」

せっかくのやる気を削《そ》がないよう、おっかなびっくり意見を述べる。しかし、お玉の決意は固かった。

「夫婦になる人に自分の気持ちを伝えるには、座布団が一番よ。祝言の頃には寒くなるもの。別に構わないでしょう」

おまけに「自分で縫う」と言われては、さらなる異議は唱えられない。大きな不安を胸に抱え、おみつは座布団作りを手伝うことになった。

「お嬢さん、そんな粗い針目じゃ、中の綿がはみ出しますよ」

「まっすぐに縫えば、縫いしろの幅はおんなじになるはずなんです」

「どうして縫い目がこんなによろよろなんですか。これじゃ酔っ払いの足跡ですよ」

思った通り、お玉の裁縫の腕前は人に見せられるものではなかった。おみつは黙って見ていられず、何度も縫い直しをさせた。

「……こんなことなら、余一さんって人にやってもらえばよかった……」

おみつの口うるささに閉口したのか、お玉が頬《ほお》をふくらます。けれど、今さら泣き言を言っても遅い。

「そういう訳にはいきません。余一さんだって、お嬢さんが自分で縫わなきゃ思いは伝わらないって言っていました」

「あら」

たちまち、お玉の目がからかうような半円形になる。「何ですか」と問い返せば、口に手を当てて笑われた。

「だったら、おみつも余一さんに何か縫ってあげればいいのに」

思いがけないことを言われて、おみつの頬が熱くなる。「馬鹿なことを言わないでください」と声を荒らげたものの、お玉はまるで動じなかった。

「おみつはあたしと違って裁縫《おはり》がうまいもの。いろいろお世話になったんだし、御礼をしたっておかしくないでしょう」

何もしないほうが失礼よとお玉に言われ、心《しん》の臓《ぞう》の音が大きくなる。

もしそうなら、余一のために浴衣を縫いたい。あたしが縫ったものに袖を通してもらえたら、どんなにいいだろう――うっとり思い浮かべたとき、お糸の顔が頭に浮かんだ。

――だって、浴衣は肌の上から着るものだから……好きな人には、他の人が縫ったものなんて着て欲しくないじゃない。

恥ずかしそうな笑みを思い出し、上がった熱が一気に下がる。

物心がついたときにはもうお糸と一緒だった。おっかさんが生きていて、おとっつぁんがやさしかった頃、何の不安も悩みもなく二人で遊びまわっていた。今が不幸とは思わない。けれど、無邪気だった頃のように誰かを信じることはできない。

お糸との縁が切れてしまえば、しあわせだったあの頃を分かち合う人がいなくなる。

おみつは束《つか》の間《ま》目を伏せて、ふっきるような調子で言った。

「むこうはきもののなんでも屋です。あたしごときの腕前じゃ恥ずかしくって」

「あら、腕前よりも気持ちでしょ」

「ですから、お嬢さんの場合とは違うんですっ」

すったもんだを繰り返した末、どうにかお玉の手による座布団ができ上がった。紫の縮緬地《ちりめんじ》で作られた座布団は、お玉とおみつの思いがこもっていささかふくらみ過ぎたものの、座り心地はよさそうだ。

「それじゃ、この文と一緒に綾太郎さんへ届けてちょうだい」

「本当にあたしでいいんですか。ここは番頭さんにお願いしたほうが」

風呂敷に包んだ座布団を渡され、おみつは途方に暮れる。

いくらお玉の使いとはいえ、今回ばかりは荷が重い。勘弁して欲しいと思ったが、

「駄目よ」とあっさり一蹴《いっしゅう》された。

「この座布団はおみつに言われて縫ったものだもの。おみつが綾太郎さんに手渡して

来てちょうだい」

断固として命じられれば、奉公人は逆らえない。と同時に、渡された文の中身が心配になった。

「お嬢さん、文のほうは大丈夫なんでしょうね。失礼なことを書いていませんか」

真面目な顔で問い詰めると、お玉がため息をつく。

「おみつはあたしをてんで信用していないんだから。心配だったら読んでみなさいよ。嘘偽りのない気持ちが書いてあるから」

そう言われてますます心配になってしまい、綾太郎に宛《あ》てた文を開いた。

「お嬢さん、これ」

「何よ。どこがまずいっていうの」

憮然《ぶぜん》とした表情で問い返され、おみつは言葉に詰まってしまう。その文には、達者な文字でこうしたためられていた。

座布団は君を思ひし我が心
　裏も表もないとこそ知れ

恋<small>こい</small>接<small>つな</small>ぎ

一

食べ物商売の者にとって、夏は厳しい季節である。うっかり傷《いた》んだものを出して客の具合が悪くなったら、最悪、暖簾《のれん》を下ろすことさえ考えなくてはならなくなる。

それでなくてもこの時期は、水を多く摂《と》るために胃の腑《ふ》が弱っているものだ。寝苦しい晩が続くせいで体力だって落ちてくる。一膳飯屋だるまやを営むお糸の父は、六月に入ると生ものを店で出さなくなった。

――信用ってぇのは、築くには長い時がかかる。だが、なくしちまうのはあっという間だ。

事あるごとにそう言って、「だから、何事も浮ついた気持ちでしちゃならねぇ」と締めくくる。

それはわかっているけれど、人の心や振る舞いは理屈通り、予定通りに進むものではない。うまくいくかわからなくてもどうしてもやってみたかったり、いくら用心していてもしくじってしまうことだってある。

誰しも年を取ると口うるさくなるのかしら……聞き飽きた話にうなずきながら、お糸はため息を嚙《か》み殺した。

ここで機嫌を損ねてしまえば、いっそう話が長くなる。時刻はまもなく八ツ半（午後三時）だ。きっと、すきっ腹で自分を待っているだろう。お糸ははやる気持ちを抑え、しまいまで聞いて笑顔を作った。

「それじゃ、おとっつぁん。今日も商売の無事を玉池稲荷《たまいけいなり》にお願いしてくるわ」

「今さら神頼みなんてとってつけた真似《まね》をしやがって。とっとと行って、さっさと帰《けえ》ってきな」

日頃は「早く嫁に行け」とうるさいくせに、こういうときは子供扱いする。まったく勝手なんだからと腹の内で文句を言い、お糸は袂《たもと》を背に隠して急ぎ足で表に出る。ふくらんだ左の袂には、父に隠れてこしらえた握り飯が入っていた。

――これからますます暑くなるし、何事もなく夏を越せるよう玉池稲荷に毎日お詣《まい》りすることにしたわ。

お糸が父にそう言ったのは、十日前のことである。唐突な話に怪訝《けげん》な顔はしたものの、父は「駄目だ」と言わなかった。日頃あれこれ言っているので、言えなかったというほうが正しいだろう。

以来、お糸は昼飯の客がいなくなった頃合いに稲荷詣《もう》でを続けている。けれども、
それは口実で本当の目当ては別にあった。

「お糸ねえちゃん」

すぐそばの玉池稲荷に日和下駄《ひよりげた》を鳴らしていくと、約束していた人物はお糸を見る
なり声を上げた。

「達平《たっぺい》ちゃん、遅くなってごめんね」

「本当さ。おいら、振られちまったのかと思ったぜ」

まだ十歳《とお》の子供のくせに達平はませた口を利く。前髪のある額を指で押し、お糸は
袂から竹の皮に包んだ握り飯を取り出した。

「はい、お待たせ」

「やったぁ」

達平は目を輝かせ、包みをほどくやいなや塩むすびに齧《かじ》りつく。お糸はその姿を眺
めながら余一のことを思った。

あの人は毎日欠かすことなくご飯を食べているだろうか。きものや布《きれ》はとことん大

事にするけれど、自分のことだと無頓着な人である。腹の虫が鳴いていても、おかまいなしできものの始末をしていそうだ。

つい案じてしまうのは六助の長屋で会って以来、余一の顔を見ていないから。去年までは思い出したように昼飯を食べに来てくれたのに、今年は一度も店に顔を出していない。いっそ、こっちから押しかけようかと何度思ったことだろう。

しかし、それが父にばれたら、ますます機嫌を損ねてしまう。死んだ母が父と所帯を持ったのは十八のときだった。お糸は今年十八で、いつ嫁いでもおかしくない。実際、「一緒になってくれ」と言い寄る男は大勢いるため、父は「早く嫁に行け」としきりと急《せ》かすようになった。

それというのも、お糸が思いを寄せる余一にまるでその気がないせいだ。いくらこっちが惚《ほ》れていても、片思いでは一緒になれない。

天涯孤独の身の上で、きものの始末に夢中の男を「一緒になったところでしあわせになれる相手じゃねぇ」と父は頭から決めつけた上、「さっさと奴を諦《あきら》めて、別の男と一緒になれ」と日に一度は口にする。

母亡きあと、男手ひとつで育ててくれた父親だ。逆らいたくはなかったけれど、お糸にだって心はある。「おとっつぁんがそう言うなら」と従う訳にはいかなかった。

だいたいそういう父だって、別の男に惚れていた母を思い続け、最後は一緒になったのだ。往生際が悪いのは父親譲りというものだ。

ただし、それを言ったら最後、父は怒るに決まっている。こっちは余一がその気になるまでだるまやに居座るつもりなので、今逆らうのは得策ではない。

とはいえ、会えない日々が続くと不安ばかりが大きくなる。こうして呑気《のんき》に構えている間に別の女が言い寄っていたら……二六時中見張っていられたら、どんなにいいかと思ったとき、

「お糸ねえちゃん」

握り飯を食べ終えた達平に名前を呼ばれて目を瞬《しばた》く。

「泣きそうな顔をしてどうしたのさ。おいらが相談に乗ってやるぜ」

真面目《まじめ》な調子で続けられ、お糸は笑うしかなかった。

「せっかくだけど、達平ちゃんの手には負えない悩みなの。その気持ちだけもらっとくわ」

「おいらの手に負えないとか言って、どうせ色恋の悩みだろ？　だったら、任しておきなって」

あっさり言ってのけられて、お糸は思い切り咳《せ》き込んだ。「大人をからかうんじゃ

ないの」と怖い顔をしてみせたが、むこうはいけしゃあしゃあと「お糸ねえちゃんはうぶだなぁ」とうそぶく。

「おいらの長屋のお末《すえ》なんて十三で男を知ったんだぜ。もっとも、そっちは色恋じゃなく、金の悩みだったけど」

指についた飯粒を食べながら達平がけろりと言う。何もわかっていない子供に知ったふうな口を利かれ、お糸は腹が立つよりもなんだか切なくなってしまった。

達平と知り合ったのは十日前、湯島天神の近くだった。近所で用を済ませたあと、せっかくだからお詣りしようと立ち寄った帰り道、茶店の団子をじっと見ている男の子が目に入った。

継ぎのあたった木綿《もめん》の単衣《ひとえ》は丈が足りずにつんつるてんで、三尺帯は長過ぎていったい幾重に巻いたものか。ひと目で貧しいとわかる子を茶店の主人は追い払おうとする。それで、うっかり言ってしまった。

――おじさん、お茶二つと団子二皿ね。

そして「お上がんなさい」と声をかけたら、その子――達平は束の間《つかま》ためらっていたものの、すぐにがつがつと食べ始めた。

――あんた、きれいな上にやさしいんだな。おいらがもうちっと年ぃいってたら、嫁に欲しいくらいだぜ。

団子をひとりで食べ終えたあと、達平は満面の笑みを浮かべた。これが十五、六にもなっていたら足を踏んづけてやるのだが、相手はほんの子供である。お糸は笑って聞き流した。

聞けば、指物師《さしもの》だった父親が数年前から目を患《わずら》い、今ではほとんど見えないらしい。代わって働いていた母親も無理が祟《たた》って病に倒れた。

――だから、今度はおいらが頑張る番なんだ。

十歳といえば遊びたい盛りだろうに、当然のように達平が言う。一家が住んでいるのは神田橋本町の源兵衛《げんべえ》店《だな》で、同じ長屋の住人は誰もが「かつかつの暮らし」をしているとか。

達平に言わせると、「おいらのところは他所《よそ》よりまだまし」なのだそうだ。

――この間は向かいの子が変なもんを食って死んじまったし、お末は借金の利息がかさんで、来月売られちまうんだって。うちは誰も欠けちゃいねぇし、借金だってないからさ。店賃《たなちん》だって三つしかためてねぇんだぜ。

その話を聞いたとき、お糸は「店賃をためるのも借金のうちよ」と言いかけて――やめた。払えるものなら、達平の両親だってちゃんと払っているだろう。どれほどやりくり算段しても、払えないからたまるのだ。あまつさえ、達平は他人には言えないやり方で金を稼いでいたのである。

——天神様の裏の雑木林で、焚《た》きつけになりそうな枝を拾って湯屋に持って行くんだよ。けど、夏場は木がしめってるって買い叩《たた》かれちまうんだ。

こっそり耳打ちされたとき、お糸は声を上げそうになった。湯島天神裏の雑木林は、天神様の寺社地である。たとえ落ちている枝であっても、持ち出して金に換えたりすればお縄になっても仕方がない。

だが、頭ごなしに叱《しか》ったところで相手は言うことを聞かないだろう。たかが十歳の子にできることは限られている。奉公に出たって小僧の間は給金なしだ。何より達平が家を出てしまったら、親の暮らしが立ち行かない。

お糸が母を亡くしたのは、やはり十歳のときだった。周囲が父に後添《のちぞ》いをもらうよう勧める中、お糸は頑として譲らなかった。

——うちのことも店の手伝いもあたしがするっ。おっかさんを忘れて後添いなんかもらったら、おとっつぁんを許さないから。

そして、実際にやってみて……力のなさが身に沁《し》みた。どうしてあたしの手はこんなに小さいんだろう。神様、どうか一足飛びに何でもできる大人にしてくださいと心の底から祈ったものだ。それでも達平よりはましだったと思いかけ、お糸はすぐに首を振った。

達平は確かに貧しいけれど、二親とも揃《そろ》っている。金の苦労はあるにせよ、親子が欠けずに暮らせるのは一番大事なことではないか。だから、この子も弱音を吐かずに毎日頑張っているのだろう。

とはいえ、この先も寺社地に入り続けて見つかったら大変だ。お糸は達平に世の決まりを説明し、「焚きつけ拾いは別のところでしなくちゃ駄目よ。お役人にめっかったら、ただじゃすまないんだから」と訴えた。

——焚きつけになるものをあちこち探し回るのは大変だろうけど、あたしが達平ちゃんのために毎日握り飯をこさえてあげる。だから、二度と天神様の雑木林に立ち入らないって約束して。

じっと目を見て念を押せば、達平はためらった末にうなずいた。落ち合う場所を玉池稲荷にしたのは双方の住まいに近いことと、稲荷詣でなら父に咎《とが》められないだろうと思ったからだ。

父はケチではないのだが、「過ぎた情けは我が身に祟る」という考え方をする。達平との約束を知ればいい顔はしないだろう。それは十分わかっていても、かつての我が身と重なる子をお糸は放《ほう》っておけなかった。

「しっかし、わからねぇもんだよな。お糸ねえちゃんみたいなべっぴんが恋の悩みだなんて。さては、金はあるけど醜男《ぶおとこ》ってぇのと、貧乏だけど色男って二人からいっぺんに言い寄られて、どっちにするか迷ってんだろ」

当の達平はこっちの思いも知らないで見当違いなことを言う。今度ばかりは聞き流せず、お糸は相手の頭をはたいた。

「いってぇな。何すんだよ」

「あたしは両天秤《てんびん》にかけるような真似はしません。それに見た目や財産で人を好きになったりしないわ」

「お糸ねえちゃんは生真面目だなぁ。見た目はともかく、金はないよりあったほうがいいんだぜ」

やけにしみじみ言われてしまうと、返す言葉に困ってしまう。だが、やられっぱなしはくやしいので、あえて意地悪な問いをした。

「そういうあんたはどこかのお金持ちに『養子に来てくれ』って言われたら、喜んでもらわれるの？　お金さえあれば、おとっつぁんやおっかさんと離れ離れになってもいいっていうのね」

嫌味たらしい調子で言って、生意気な子の鼻先に人差し指を突きつける。達平は口を尖《とが》らせてから、くやしそうに呟《つぶや》いた。

「……ねえちゃん、案外いけずだな」

ようやく年相応の顔をされ、お糸の口がほころんだ。

二

余一がだるまやに顔を出さなくなってから、お糸は以前にも増して店の前に目をやるようになった。今日こそ余一が来るんじゃないか、店の前を通るんじゃないかと思えてならないからである。

期待というのはおかしなもので、外れれば外れるほど「今日こそは」という思いが募《つの》る。世間には博奕《ばくち》にはまって身を持ち崩す男が大勢いるが、今のお糸はその気持ちが痛いほどわかる。「今まで駄目だったから、諦めよう」と理詰めで思えるうちはいい。とことんのめり込んでしまうと、「今まで駄目だったから、今日こそは」とつい思ってしまうのだ。

そして八ツ（午後二時）近く、久しぶりに見る顔が現れた。

「あら、六さん。今日はどうしたの」

「飯屋に来て『どうしたの』はねぇもんだ。昼飯を食いに来たに決まってらぁ」

お糸がちくりと嫌味を言えば、六助は大仰《おおぎょう》に嘆いてみせる。

だが、六助は綾太郎の供をして店に来た後、ひと月も顔を見せなかった。おかげでこっちはあれこれ勘ぐり、痩《や》せる思いをしたのである。ツケもたまっていることだし、これくらいは許されるだろう。

「こう暑いと商売どころの話じゃねぇや」

「なに言ってんの。土手の川風に吹かれながらのけっこうな商売じゃない。はい、今日のおすすめ」

心の底ではほっとしつつも口からきつい言葉がこぼれる。これには六助もむっとしたのか、箸《はし》を取らずに口をゆがめた。

「余一がここに寄りつかないのは、俺のせいじゃねぇぜ」

痛いところをまともに突かれ、たちまち顔が熱くなる。とっさに言い返そうとして、お糸は慌てて口を閉じた。

数はずいぶん減ったものの、店内には客がいる。何より、大きな声を出せば父にすべて筒抜けだ。腹の中で歯ぎしりすれば、六助の顔に気まずいものが漂った。

「そう恨めしそうに見ねぇでくれよ。俺は、奴とのことを反対している訳じゃねぇんだから」

言い訳がましく言われても言葉通りに受け取れない。父ほどではないけれど、六助だって「余一を思ったところで無駄だ」とさんざん言っていたではないか。つんとそっぽをむいたとき、入口近くで赤ん坊の泣き声がした。

今日も朝から暑いので店の戸口は開けっ放しだ。表で赤ん坊が泣いていれば、耳に入って当然である。

けれども、親の声がしない上に泣き声が大きくなるのはどうしてだろう。お糸は胸騒ぎを覚え、急いで表に出て見れば、

「お、おとっつぁんっ」

悲鳴じみた声になったのは、天水桶《てんすいおけ》のすぐそばに赤ん坊が捨てられていたからだ。飛び出してきた父親も事情を知って言葉をなくした。

「どこのどいつがこんな罰当《ばちあ》たりな真似をしやがった。おまけに天水桶の脇なんぞに置きやがって。もし桶が倒れてきたら、赤ん坊の命にかかわるじゃねぇか」

怒りで顔をこわばらせ、泣き続ける赤ん坊を抱き上げる。それからお糸に振り返った。

「もう昼飯の客は来ねぇだろうし、一度暖簾をしまっちまいな。あと、古手ぬぐいを二、三枚持ってこい」

「何に使うの」

「赤ん坊が泣くってこたぁ、おしめが濡《ぬ》れているか、腹が減っているか、具合が悪いかに決まってんだ。おめぇもいずれ人の親になるんだろう。この際よく覚えとけ」

ぶっきらぼうに言い切ると、父は店に入ってしまう。お糸はあたふたと暖簾を片付け、古手ぬぐいを探しに行った。

よく「昔とった杵柄《きねづか》」というけれど、さすがに経験者は違う。父はお糸の差し出した古手ぬぐいで要領よくおしめを換えた。赤ん坊は男の子だった。

「首は座っているようだから、生まれて半年ってとこか」

「いや、じき一年になるんじゃねぇか。手足もしっかりしているからな」

「おや、尻がさっぱりしたら泣きやんじまった。ずいぶん調子のいい餓鬼だ」

「赤ん坊ってな、みんなそういうもんなんだよ」

飯を食べ終えた他の客はみな店を出て行ったが、六助だけはとどまって面白そうに眺めている。もっとも、出すのは口ばかりで手を貸す気配はまるでない。父は手足をばたつかせる赤ん坊を膝《ひざ》に抱いてお糸に命じた。

「じきに腹が空《す》いて泣き出すはずだ。今のうちに重湯《おもゆ》をこさえてやんな」

「お乳でなくて大丈夫なの」

「このくらい育っていりゃ、もう乳離《ちばな》れはしているだろう」

そしてお糸が重湯の支度《したく》をしていると、父と六助の話し声が聞こえてきた。

「しかし、薄情な親もいたもんだ。身元や名前のわかりそうなもんをまるで身に着けていねぇじゃねぇか。さては、ははぁん」

「なんだよ」

「この子はおめぇさんの隠し子だろう」

とんでもない疑いをかけられて、父は「ふざけんじゃねぇ」と吐き捨てる。だが、六助は引っ込まなかった。

「だったら、なんでこの子はだるまやの前に捨てられていたんだ。おめぇさんの子でなかったら、男やもめの店を選んで捨てていくとは思えねぇがな」

「そんなもん、俺が知るもんか」

苛立《いらだ》つ父の言葉を聞いてお糸は考え込んでしまう。六助の言葉を真に受けるつもりはなかったけれど、もっともらしい話ではあった。

幼馴染《おさななじ》みのおみつの父だって浮気をしていたようだし、父はやもめ暮らしが長い。

そういう相手がいたとしても別に不思議はないだろう。とはいえ、子までいるのなら一緒になればいいものを。相手の人がかわいそうと思ったところではっとした。

父は自分に遠慮して再縁できずにいるのだろうか。「早く嫁に行け」とせっつくのも、一刻も早く身軽になって自分が所帯を持ちたいからでは……お糸は鍋を火にかけたまま調理場から飛び出した。

「おとっつぁん、あたしはもう『後添いをもらうな』なんて言わないから。その子がおとっつぁんの子なら、正直に言ってちょうだい」

「藪《やぶ》から棒におめぇまで何を言い出すんだっ。まったく、どいつもこいつも俺を何だと思っていやがる」

憤懣《ふんまん》やるかたないという表情で睨《にら》まれたが、でなければ、だるまやの前に捨てるだろうか。お産は女の命がけだ。心底惚れた相手の子だから危険を承知で産もうとする。そして、無事に生まれた大事な我が子を安易に捨てるはずがない。黙り込んだお糸に代わって再び六助が口を開いた。

「この際だ。不本意かもしれねぇが、身の証《あかし》を立てるために奴の力を借りちゃどうだい」

「奴って誰でぇ」

「決まってんだろ。余一だよ」

いきなり出てきた思い人の名にお糸の息が止まりかける。

「あの野郎なら赤ん坊の素性がわかるってのか。だったら、きものの始末屋より八卦《はっけ》見《み》になったほうがいいんじゃねぇか」

余一の名が出たせいで父の機嫌がさらに傾く。六助は動じる様子もなく、にやりと笑った。

「八卦見や手相見に捨て子の素性なぞわかるもんか。奴がきものの始末屋だから、わかるはずだと言ってんのさ」

「なんだって」

「このきものを見てみなよ。なんだか変だと思わねぇか」

言われて、おしめを換えるために脱がせたきものをじっくり見る。それは端切《はぎ》れを縫い合わせてきものに仕立てたものだった。つなぎ合わせた端切れの数はすぐには数えきれないほどで、小さな赤ん坊のきものといえども縫い上げるのは骨だったろう。お糸はそれを貧しさゆえと勝手に思い込んでいた。

「赤ん坊を捨てるくらいだ。まともな布がないばっかりに、端切れをつないだだけじゃねぇのか」

どうやら父も同じように感じたらしい。しかし、六助は首を振った。

「俺だって使ってある端切れが全部、色の褪《あ》せた木綿だったらそう思うさ。だが、よく見てみなよ。こいつは縮緬《ちりめん》でこっちは友禅、ここは上田縞《うえだじま》ときてやがる。正真正銘貧しい家にそんなもんがあるかねぇ」

さすがに古着屋だけあって目の付けどころが違う。お糸は慌てて口を挟んだ。

「それじゃ、このきものはわざと端切れをつなぎ合わせて縫ったものだっていうの」

「そうじゃねぇかと俺は思う。余一に聞けば、はっきりすると思うがな」

六助はにやにや笑いながら父のほうを見ている。つられてお糸も見つめると、忌々《いまいま》しそうに父が言った。

「……あの野郎を呼んできな」

「おとっつぁん、重湯の鍋をお願いね」

父が言い終える前にお糸は表に飛び出していた。

三

ところが、勢い込んで訪ねた相手は困ったような顔をした。

「お糸ちゃんのおとっつぁんの言う通りだ。おれは八卦見なんかじゃねぇ。きものを見ただけで捨て子の身元がわかるもんか」

「でも、その子の着ていたきものは本当に変わっているの。余一さんなら、それが何かわかるはずよ」

縋《すが》るようにして訴えながら、お糸はひっかかるものを感じていた。身内とは縁の薄い余一のことだ。赤ん坊のことを知れば二つ返事で手を貸してくれると思っていたのに、この素っ気なさはなんだろう。

意外な思いで見つめていたら、余一が気まずそうに目をそらす。

「その子は親にとって邪魔者だった。だから、だるまやの前に捨てられたんだろう。今さら身元がわかったってどうしようもねぇじゃねぇか」

いつになく弱気な態度に六助の言葉を思い出した。

――奴は望まれずに生まれた子だったし、そのことを本人も承知している。身内の情なんざこれっぱかりも知らねぇから、誰かと所帯を持つなんて考えられる男じゃねぇ。

ひょっとして……余一は、自分の親のことを知りたくなかったのだろうか。知らなければ自分に都合のいいことを思っていられるけれど、本当のことを知ってしまえば夢見ることすらできなくなる。

だったら、身元なんてわからないほうがましだと思っているとしたら……見当違いも甚《はなは》だしいとお糸は眉《まゆ》をつり上げた。

「身元がわかったところでどうしようもないなんて、余一さんが決めることじゃないでしょう！」

いつになく大きな声を出せば、相手が目を丸くする。久しぶりに会ったというのに喧嘩《けんか》を売ってどうするのか。頭ではわかっていたけれど、口が勝手に動いてしまった。

「木の股《また》から勝手に生まれる訳じゃあるまいし、生きていようと死んでいようと親は必ずいるんです。その親が誰かわからないなんて、己が何者かわからないってことでしょう。それくらいなら、たとえ親が人殺しでもはっきりさせたいと思うはずよ」

勢いに任せて言い切ると、相手の目に剣呑《けんのん》な光が宿る。きっと苦労知らずが勝手なことをと思っているのだろう。

しかし、余一のためにもここで引く訳にはいかなかった。親が誰かということと本人の値打ちは関係ない。とんびが鷹《たか》を産むことも、鷹がとんびを産むこともある。血筋がものを言うお侍ならいざ知らず、たかが町人ではないか。どんな答えが出ようと恐れることはないのだと余一の目をまっすぐに見る。

結果、先に音《ね》を上げたのは余一のほうだった。

「お糸ちゃんにはかなわねぇな」

苦笑して腰を上げる相手にお糸は胸をなでおろした。

「なんでぇ、遅かったじゃねぇか。さては久しぶりの逢瀬《おうせ》ってんで、いちゃいちゃしていたんだろう」

余一を連れて店に戻ると、さっそく六助に冷やかされる。赤ん坊を抱いた父は面白くなさそうにお糸を見た。

「さっき重湯を食わせたらすんなり寝てくれた。けど、見てみろよ」

赤ん坊の肌着をひっぱって首の後ろをこっちに向ける。白くて柔らかい肌には一面にあせもができていた。

「この時期は仕方がないとはいえ、これじゃあんまりかわいそうだ。自身番に届ける前に水浴びをさせてやらねぇとな」

その呟きに驚いてお糸は父の袖《そで》を引く。

「ちょっと、おとっつぁん。この子を自身番に連れて行くっていうの」

「うちじゃ赤ん坊の面倒なんか見られねぇ。当たり前だろうが」

「そんな心配しなくても、余一さんがこの子の身元を突き止めてくれるわ」

強い調子で言い返してから、期待を込めて振り返る。いつもと変わらぬ仏頂面を六助がからかった。

「こいつぁ大役だ」

「……とっつぁん、覚えとけよ」

余一は唸《うな》るように言い、「赤ん坊が着ていたきものを見せてくだせぇ」と切り出した。身動きの取れない父に代わって、お糸が件《くだん》のきものを差し出す。

「どっかに生まれ年や名前でも書いてないかと思ったが、それらしいもんは何もなかった。腹掛けも肌着も同様だ。まったくいい迷惑だぜ」

そう呟く父の顔には不愉快だと大きく書いてある。隠し子だと言われたことがよほど頭に来たらしい。

赤ん坊のきものの端切れは、大きいもので五寸（約十五センチ）くらい、小さなものだと二寸（約六センチ）程度だ。よくもまあ、これだけの数を集めて根気よく縫ったものである。

さらに気を付けて見てみると、柄は動物や植物が多く、色は赤や黄色、紫あたりが多かった。しかし、最後の最後で適当な端切れが尽きたのか、背中の真ん中に藍色の端切れが使ってある。そのせいで見栄《みば》えは今ひとつだった。

目の高さにそれを持ち上げて、余一は隅々までじっくり眺める。そして、ためらうことなく言った。

「こいつぁ、百徳《ひゃくとく》きものでしょう」

「なんだい、そりゃ」

「子供の無事な成長を祈って、他所《よそ》の家から端切れをもらってきものを作るんでさ。百軒から集めるんで百徳とか、百接《ひゃくつな》ぎとかいうらしい」

するると、六助が「そうだ、それだ」と手を打った。

「けど、そいつぁ子供に着せるんじゃなく、寺に納めるもんだろう。この暑いのにこんなもんを着せられたせいで、赤ん坊はあせもだらけじゃねぇか」

「道中の無事を祈って、我が子に着せたに違いねぇ。親も必死だったんだろう」

その答えを意外に思い、今度はお糸が問いかける。

「道中ってことは、この赤ん坊は江戸者じゃないってこと?」

「恐らくな。おれが親方から聞いた話じゃ、こいつがさかんなのは金沢らしい。もっとも、あちこちで似たようなことをしているんだろうが」

「金沢ってなぁ相州《そうしゅう》のか」

「いや、百万石のほうだ」

問いの答えに驚いて、お糸親子は大きな声を出してしまった。

「そりゃ、本当か」

「どうしてそんな遠くの子が江戸にいるのっ」

寝ていた赤ん坊はその大声に驚いたらしい。「ふえっ、ふえっ」とぐずり出したので、父が慌てて背中をさする。

「驚かせて悪かったな。けど、これもおめぇの身元を確かめるためだ。泣くんじゃねぇ、泣くんじゃねぇぞ」

言い聞かせるようにやさしくゆすると、赤ん坊は安心したのだろう。聞き分けよく目を閉じてくれる。そのあどけない表情にお糸が笑みを浮かべると、父がこれ見よがしにため息をつく。

「おめぇもこのくらいのときはかわいかったのに」

「ふん、かわいくなくなって悪かったわね」

べえっと舌を出したとき、「あのぅ」と表で声がした。それが達平の声だとわかり、お糸は内心真っ青になる。捨て子を拾ってしまったせいで、達平との約束を今の今まで忘れていた。

「ごめんなさいっ。思いがけないごたごたがあったものだから、玉池稲荷に行けなくて。お腹《なか》がすいたでしょう」

慌てて表に飛び出して、両手を合わせて相手に詫《わ》びる。さっき七ツ（午後四時）の鐘が鳴ったし、さぞかし怒っているはずだ。

ところが、達平は意外にも「気にしないでくれよ」と鷹揚《おうよう》だった。

「店まで来たのは握り飯の催促じゃねぇ。その逆なんだ」

「どういうこと」

不思議に思って尋ねれば、以前、指物師だった父に助けられたという女が源兵衛店を訪ねて来たという。そして達平親子の窮状を知り、「ほんの恩返し」と言って財布を置いていったそうだ。

「これで店賃だって払えるし、おっかぁの薬も買える。おいらも当分焚きつけ拾いをしなくていいから、握り飯はもういらねぇって言いに来たんだ」

笑顔でそう言われたものの、にわかに信じられなかった。どれだけ世話になったか知らないが、女が自分の財布ごと金を渡したりするだろうか。男だったら勢いでやってしまうこともありそうだが、女は自分の持ち物に執着する。金を渡すにしても懐紙に包んで差し出すだろう。

きっと達平は約束をすっぽかされてへそを曲げ、嘘《うそ》をついているに違いない。お糸はそう考えて、もう一度「ごめんなさい」と頭を下げた。

「明日っから、またちゃんと持って行くから。それとも今握って来てあげようか」

父に知られるのは気まずいが、かくなる上は仕方がない。機嫌をうかがうように言えば、子供の頬《ほお》がふくらんだ。

「おいらの話、信じてねぇんだろ。だったら証拠を見せてやらぁ」

達平はそう言って、懐《ふところ》から女物の巾着《きんちゃく》を取り出す。それは鳥の子色（ごく薄い黄色）の地にとき色（やや黄味のある淡紅色）の椿《つばき》が描いてあり、淡い色遣いがきれいだった。

「こいつに二朱銀が二十四枚も入ってんだ。すげぇだろ」

二朱銀が八枚で一両だから、すなわち三両ということになる。そんな大金を女が財布ごとやるなんて――嫌な予感に背筋が凍りついたとき、後ろから手が伸びてきて達平から巾着を取り上げた。

「なるほど、そういうことか」

「おい、何するんだよ。おいらの巾着を返せってば」

巾着を見て呟く余一に達平が摑《つか》みかかったが、逆に手首を摑まれて悲鳴を上げた。

「いてぇ、いてぇって。お糸ねえちゃん、助けて」

「余一さん、この子はあたしの知り合いで、病の親を助けて一所懸命働いているけなげな子なの。どうか放してあげてください」

けれども余一は力を緩めず、だるまやの中に達平を引っ張り込んだ。

四

「この巾着は、店の前に捨てられていた赤ん坊の母親の持ちもんだろう。この子の母親はどうしたんだ」

店の戸を閉めてから、余一は達平の手首を放す。その言葉にお糸はもちろん父と六助も目を剝《む》いた。

「おい、本当かよ」

「こんな餓鬼が赤ん坊をかどわかし、追いはぎをしたってのか」

「ふざけんな！　それはおいらのおっとうの知り合いがくれたもんだ。これからおっかぁの薬を買いに行くんだから、返してくれよ」

達平が真っ赤になって訴えたが、余一はまるで取り合わない。子供の衿首《えりくび》をむんずと摑んで赤ん坊のそばに連れて行く。

「この子の前でも同じ嘘がつけるか。この巾着はおめぇがねこばばしたもんだろう」

「……違うっ。違うったら、違う！」

甲高い叫び声に再び赤ん坊が泣き出した。いつの間にか達平も今にも泣きそうな顔をしている。

「達平ちゃん、あんたまさか……」

「違うよ。おいら嘘なんかついてねえ。お糸ねえちゃん、信じてくれよ」

知り合いの子にしがみつかれてお糸の心は大きく揺れる。疑いたくはないけれど、丸ごと信じることもできない。そのとき、余一が赤ん坊の百徳の袖を指さした。

「よく見てみな。この巾着と同じ布が使ってあるだろう」

言われて三寸（約九センチ）ばかりの端切れを見れば、確かに鳥の子色の地にとき色の椿が描いてある。お糸が口元を押さえると、達平は素早く身体を離して再び余一に向かっていった。

「そんなのたまたまだろ。世の中にはおんなじ柄の布なんてごまんとあらぁ」

「ああ、これが河内《かわち》木綿や小紋ならおまえの言い分を認めてやろう。だが、これは加賀友禅の端切れだ。職人が一枚、一枚、筆で柄を描くんだよ。まったく同じ柄のものが江戸にごまんとあるはずがねぇ！」

動かぬ証を突きつけられて達平がへなへなと腰をぬかす。そして、赤ん坊にも負けない勢いで泣き出した。

「わ、悪気はなかったんだよ。勘弁しておくれよぉ」

「それよりこの子の親はどうした。まさか、おめぇ」

ぎろりと睨みつけられて、達平は激しく首を振る。

「お、おいらが悪いんじゃねぇ。その子のおっかぁを見つけたときには、もう死んでいたんだってば」

その後、大泣きする達平をなだめて聞き出したところによれば、

「……泣き声が、したんだ……」

今日の昼前、達平は湯島天神裏の雑木林に枯れ枝を拾いに行った。お糸との約束は覚えていたが、いくら街中を歩き回っても焚きつけは手に入らない。同業や屑拾《くずひろ》いは他にも大勢いるからだ。

約束を破るのはいけないけれど、背に腹は替えられない。お糸と知り合った三日後から、また湯島天神裏に行くようになった。そして、人気《ひとけ》のない雑木林で倒れている旅姿の女を見つけた。

「おいら、声をかけたんだよ。でも、揺さぶっても目を覚まさねぇし……おかしいなと思ったら、呼吸《いき》をしていなかった……」

もう死んでいると思ったとたん、達平は恐ろしくなった。誰かに知らせようかと思ったけれど、「ここで何をしていた」と問い詰められたら厄介だ。そこで拾った枝を抱えて逃げ出そうとしたのだが、泣き続ける赤ん坊を見捨てることができなかった。

「あの雑木林はめったに人が立ち入らねぇし、放っておいたら犬に食い殺されるかもしれねぇ。おいらは仕方なく、集めた枝を捨てて赤ん坊を抱き上げたんだ」

そのとき、母親の懐の重そうな巾着が見えたらしい。

「この金があったら、おっかぁの薬が買える。赤ん坊のおっかぁは死んじまったけど、おいらのおっかぁは生きてんだ。でも、いい薬が買えなかったら死んじまうかもしれない……そう思って……」

幸い人気のない場所で見ている者は誰もいない。達平は巾着を自分の懐に入れ、赤ん坊を抱えて逃げ出した。

「この店の前に捨てたのは……お糸ねえちゃんなら、きっと何とかしてくれると思ったから……」

「そんで金だけ頂戴《ちょうだい》して、あとから何食わぬ顔で様子を見に来たって訳か。末恐ろしい餓鬼もいたもんだ」

六助が呆《あき》れたように呟いたが、お糸は達平を責められなかった。

本音を言えば、裏切られたという思いはある。自分との約束を破って天神裏の雑木林で焚きつけを拾い続けた上に、行き倒れの女から財布を奪い、だるまやの前に赤ん坊を捨てるなんて。

けれど、そんな恐ろしいことをやってしまうくらい、達平は追い詰められていたのだろう。

——赤ん坊のおっかぁは死んじまったけど、おいらのおっかぁは生きてんだ。でも、いい薬が買えなかったら死んじまうかもしれない……そう思って……。

達平には、死んだ赤ん坊の母親が自分の母と重なって見えたのだ。このままでは、自分の母も冷たい骸《むくろ》になってしまう。それくらいなら、罪を犯しても構わないと決心したに違いない。

「それじゃ、さっそく案内してもらおうか」

余一に肩を叩かれて、達平が上目遣いに顔色をうかがう。「どこに」と消え入りそうな声で尋ねれば、余一の眉が撥ね上がった。

「赤ん坊の母親が倒れているところに決まってんだろ。天神裏の雑木林じゃ、まだそのまんまになっているかもしれねぇ」

「か、勘弁してくれよ。おいらもう行きたくねぇって」

さすがに悪いことをしたという思いがあるのだろう。泣いて嫌がる子供の顔を余一がのぞき込む。

「おめぇ、どうして自分の悪さがばれたと思う」

「それは、あんたが」

「おれが気付いたんじゃねぇ。このきものが教えてくれたのさ」

そして、達平の目の前に百徳を掲げた。

「これは子供の無事な成長を祈ってつくるものだ。端切れを縫い合わせてあるから、いたるところに縫い目があるだろう」

「……うん」

「この縫い目には、子供を守る力があるのさ」

余一はそう言って、達平に自分の背中を触らせた。

「おめぇはもう大きいから、背中の真ん中に縫い目のあるきものを着ている。だが、小さい子は身幅が狭いんで背縫いがない。縫い目は目に通じる。人の顔には目があるから前を見ることはできるが、あいにく背中には目がついてねぇ。代わりに背縫いの目が後ろを見守ってくれるのさ」

しかし、小さな子供の着るものには肝心の背縫いがない。そこで、必要のない縫い目を「背守《せまも》り」として入れるのだと余一は言った。

「この百徳は、背縫いどころの話じゃねえ。前にも後ろにも、あらゆるところに縫い目という目がついている。これじゃばれねぇはずがねぇだろ」

教え諭すようなもの言いに達平が無言でうなだれる。その姿が痛々しくてお糸は子供の手を取った。

「達平ちゃんだって小さい頃は背守りのついたきものを着ていたのよ。だから、こうやって大きくなれたんじゃないの」

「お糸ねえちゃん」

「おっかさんを大事に思う達平ちゃんの気持ちはよくわかるわ。でも、あの赤ん坊はどうなるの。今のまんま放っておいたら、おっかさんの名前どころか自分の名前もわからないのよ」

死んだ母親は旅姿だったと言っていたから、懐には道中手形があるはずだ。それを見れば、素性と名前がはっきりするに違いない。心を込めて訴えれば、達平がお糸の手を握り返した。

「なら、お糸ねえちゃんも一緒に来てよ。おいら、そっちの人と二人は嫌だ」

どうやら、余一の一喝ですくみ上がってしまったらしい。ちらりと父のほうに目をやれば、「しょうがねぇな」と許してくれた。

三人が雑草の生い茂る雑木林に駆け付けたとき、亡骸《なきがら》の脇には十手《じって》を持った岡っ引きが手下を従えて立っていた。

「なんだ、おめえらは。この仏の知り合いか」

「い、いいえ」

「この仏はただの行き倒れのようだが、懐中には財布がねえ。道中手形によれば、子連れだったはずなのに、子供の姿もねえときた。なあ、こいつはどういうこったと思う」

含みのある聞き方に、お糸はごくりと唾《つば》を呑《の》む。ここでうかつなことを言えば、達平が罪に問われてしまう。胸の鼓動を速めながら言い訳を探していたら、余一が「申し訳ございやせん」と頭を下げた。

「実は一刻（約二時間）ばかり前、行き倒れを見つけたと言ってこいつが飛び込んでめぇりやした。とはいえ、子供の言うことだ。本当かどうか確かめねぇとお知らせなんぞできやせん。どこだと飛び出してはみたものの、今度は『どこで見たかわからなくなった』とべそをかく始末でして。今頃になってしまいやした」

岡っ引きは達平を冷めた目で見下ろしている。間抜けな役どころを押し付けられ、子供は口を尖らせたが、これは仕方がないだろう。

「小僧、この女のそばに子供はいなかったか。あと懐中に財布があったはずだが……まさか、おめえが盗んだんじゃねえだろうな」

見透かすようなまなざしに達平はお糸にしがみつく。それを見咎《みとが》めた岡っ引きが口を開く前に余一が言った。

「お察しの通り、こいつは赤ん坊と財布を持っておれのところに駆け込んで来やした。子供心に放っておいちゃまずいと思ったんでしょう。赤ん坊は他人にあずけてめぇりやしたが、財布はここにございやす」

そのまま巾着を差し出され、達平が声にならない悲鳴を上げる。岡っ引きは中を検《あらた》めると自分の懐にしまってしまった。

「てぇことは、やっぱりただの行き倒れか。旅先で子供残して死ぬなんて、傍《はた》迷惑な女だぜ」

「これも乗りかかった船でございやす。親分さえお差《さ》し支《つか》えなければ、おれたちで何とかいたしやすが」

余一の言葉に岡っ引きは食いついた。

「そいつは助かる。寺社方には仏の知り合いが引き取ったと言っておくから、すぐに片付けるんだぞ。この時期、腐ると厄介だ。それと小僧」

だしぬけに声をかけられて達平が飛び上がる。かろうじて返事をすると、むこうは訳知り顔で言った。

「ここは天神様の寺社地だ。今日は大目に見るが、二度と無断で立ち入るんじゃねぇぞ」

一言釘を刺して立ち去ろうとする岡っ引きに「お待ちくだせぇ」と余一が言った。

「この女が所持していた道中手形をお返しくだせぇ。でないと、墓に名を書いてやれません」

言われて、まだ持っていたのを思い出したのだろう。岡っ引きは無言で道中手形を放り出し、手下を連れて立ち去った。

「あんた、何を考えてんだっ。財布はそのまま渡しちまう、赤ん坊と仏の面倒はこっちで見るなんて大損じゃねぇか！」

岡っ引きの背中が見えなくなるなり、達平が余一に食ってかかる。けれど、余一は動じなかった。

「おまえに面倒を見ろとは言わないから、安心しろ」

「あったり前だろう。それより金だ。おいらのおっかぁの薬はどうしてくれんだよ」

「それは諦めろ」

「ふざけんなっ。あんな野郎にどうして財布を渡しちまったのさ」

むしゃぶりつく相手を払いのけ、余一は「いい加減にしろ」と叱り飛ばした。

「金を丸ごと差し出したから、あれこれうるさいことを言わずに見逃してもらえたんだろうが」

「だけど、少しくれぇ」

「その小さい頭《おつむ》で考えるほど、世の中は甘っちょろいもんじゃねぇ。下手に隠し立てをすりゃ、どうして雑木林にいた、ここで何をしていたと問い詰められるに決まってんだぞ」

そうなれば、枯れ枝を拾って金に換えていたことがばれてしまう。それから財布を差し出しても言い逃れはできないと余一は言った。

「お咎め覚悟で本当にやっていたことだ。おめぇがとっ捕まるのは自業自得かもしれねぇが、そうなったら親はどうなる。おめぇは親に何て言う気だ」

「うるせぇ！　あの金は天神様がおいらに恵んでくれたもんだっ。それをあんな罔っ引きにやりやがって……おっかぁが死んだら、一生恨んでやるからな」

逆恨みする達平の姿にお糸の心が芯から冷える。「過ぎた情けは我が身に祟る」という父の教えを思い知った気がした。

「畜生、くそったれっ。おめぇなんか死んじまえ！」

ありったけの捨て台詞《ぜりふ》を残して、小さな背中が走り去る。その後、余一は地べたに落ちた手形を拾いあげた。

「赤ん坊のおっかさんはおたえさんといって、やっぱり金沢のお人らしい。江戸には物見遊山《ものみゆさん》のためにひとりで出て来たようだ」

「そんな馬鹿な」

お糸は呆然《ぼうぜん》としていたが、意外な言葉で我に返る。赤ん坊を連れているし、てっきり夫婦旅だと思っていた。

「女のひとり旅は物騒だ。まして足手まといの赤ん坊を連れていたんじゃ、何かあっても逃げられねぇ。こんなところに迷い込んじまったのも、ろくでもない連中に追いかけられたせいかもしれねぇな」

地べたに横たわる亡骸は子持ちの女らしく丸髷《まるまげ》を結い、地味なきものを身にまとっていた。そのせいで老けて見えるけれど、手形によれば二十一だという。

あまりに過酷な天の仕打ちにお糸は胸が苦しくなった。赤ん坊だけでも助かったのは、きっと百徳の御加護だろう。

「身の危険も顧《かえり》みず、江戸に来ようとした訳が物見遊山のはずがないわ」

本当の目当ては他にあったはずだと言うと、余一もうなずいた。

「おれもそう思う。だが、知りたかったことがもうひとつわかったぜ」

「なに」

「あの赤ん坊は、孝太《こうた》という名前らしい」

そして、余一はおたえの亡骸に向かって手を合わせた。

やっと江戸に着いたのに、赤ん坊を残して死ぬなんてどんなにか無念だったろう。

やるせない思いを嚙み締めながら、お糸もそっと手を合わせた。

五

知り合いの寺に供養を頼み、余一がだるまやに戻って来たのははじき四ツ（午後十時）という時刻だった。

「この暑さだからな。おたえさんの亡骸は埋葬してきた」

店の手伝いがあるだろうと先に帰されたお糸は話を聞いてほっとした。一方、父は意外そうな声を出す。

「旅人の骸をすぐさま埋葬してくれるなんて。親切な寺もあったもんだな」

旅は危険が伴《ともな》うので、道中手形には「死んだ場合はいかようにも処分してください」という一文が入っている。とはいえ、無縁仏になる行き倒れの供養を嫌がる寺は多い。手を合わせる者がいなければ、寺には金が入って来ない。「地獄の沙汰も金次第」とはよくぞ言ったものである。

「こう見えて、余一は顔が広いんだぜ。無理をきいてくれたのは、どうせ湯島の円中《えんちゅう》寺《じ》だろう。あすこの和尚《おしょう》はこいつの親方の代から」

「そんなこたぁ、どうでもいい。それより、なんでとっつぁんがいるんだ」

とっくに帰ったと思っていたのに――と余一が渋い顔をすると、六助は「見くびんじゃねぇ」と言い返した。

「乗りかかった船をひとりで降りる俺じゃねぇ。店が忙しい間、俺が赤ん坊の子守りをしていたんじゃねぇか」

赤ん坊をおぶって火や包丁は使えないし、店の中で泣かれても困る。かといって孝太をひとりにしておけば、どこかに這《は》っていこうとする。そこで六助が二階に蚊帳《かや》を吊り、寝るまで子守をしていたのだ。

「ああ、六さんのおかげで助かった」

隣りで父がうなずくと、「ほれ見ろ」と胸を張る。

余一にはろくに手間賃を払っていないくせに、こういうときだけ威張るんだから。

お糸が内心呆れていたら、余一が持っていた風呂敷包みを床几《しょうぎ》の上に置いた。

「おたえさんが着ていたきものだ。孝太にとっちゃ母親の形見だからな」

「おい、こいつぁ小千谷縮《おぢやちぢみ》じゃねぇか。大きな汚れもねぇようだし、おめぇが始末をすりゃあ新品同然になるはずだ。売ればいい金に……ってぇな。何をしやがるっ」

喜色満面で飛びついた六助を余一が無言で引っ叩《ぱた》く。そして、文句を言う相手をひたと睨んだ。

「これは孝太の母親の形見だと言っただろう。余計なことを言うんじゃねぇ」

その迫力に押されたらしく、六助が渋々引き下がる。小千谷縮は武家や金持ちが身に着ける高級品だ。持っていた財布の中身といい、おたえは裕福だったようだ。

「埋葬する前に仏の身体を検めてみたが、どこにもおかしな傷はなかった。おたえさんが急な病で亡くなったことは間違いねぇ。慣れない道中で重ねた無理がよほど身体にこたえたんだろう」

「そこまでして江戸に来ようとするなんて。どんな訳があったのかしら」

お糸が首をかしげると、六助が「ふん」と鼻を鳴らした。

「そんなもん、男に決まっているじゃねぇか。赤ん坊のおっかさんは二十歳そこそこだったんだろ」

「ええ」

「江戸の男が金沢に行き、土地の娘を孕《はら》ませた。迎えに来ると言ったのに、いつまで経っても男は来ない。そこで女はしびれを切らし、男を捜しに江戸へ来た。ところが途中で力尽き、お江戸の土になったのさ」

歌うような節回しで六助が断言する。その言い方は気に入らないが、言っていることはもっともだ。そんな事情でもない限り、幼い我が子を腕に抱いてはるばるやって来ないだろう。

「だったら、あの子のおとっつぁんはこの江戸にいるってことね」

よかったと手を打てば、六助が困ったように頭をかいた。

「恐らくいるとは思うがよ……たとえ見つけ出したとしても、孝太を引き取りゃしねぇだろう」

「どうして。血のつながった我が子なのよ」

百徳を着た赤ん坊といい、命がけで江戸まで来たことといい、おたえは孝太の父親に心底惚れていたはずだ。その忘れ形見を父親が引き取らないなんて不人情なことがあるだろうか。信じられない思いでいたら、余一がぽつりと呟いた。

「男のすべてが、お糸ちゃんのおとっつぁんのように実《じつ》のある人とは限らねぇ。面白半分で女に手を出し、捨てる男はいくらでもいる」

その言葉に父までうなずくのを見て、お糸は腹が立って来た。

確かに、世の中にはろくでもない男が大勢いる。けれど、女だって馬鹿ではない。相手にとって自分がどんな立場なのかだいたい察しているものだ。

たとえ一時の遊びでもいい。惚れた相手の子を産みたいとおたえが思っていたのなら、江戸には出てこなかったろう。一緒になろうと固く誓った相手だから、はるばる訪ねて来たのである。

「そりゃ、騙《だま》される女だって世の中には大勢いるわよ。でも、おたえさんが騙されていたとは限らないじゃない。男の頭で勝手に決めないでちょうだいっ」

むきになって言い張れば、「落ち着けって」と六助に袖を引っ張られた。

「お糸ちゃんの気持ちもわからないじゃねぇが、孝太の父親の手がかりはこれっぽっ

ちもねぇんだぜ。おたえが死んじまった以上、どうしようもねぇじゃねぇか」六さん、おめぇ

「ひとまず金沢の親許《おやもと》に知らせるとして、赤ん坊はどうしたもんか。六さん、おめぇしばらく面倒をみちゃくれねぇか」

真面目な顔で父に言われ、六助は目を丸くする。

「じょ、冗談じゃねぇ。俺は子育てなぞしたことがないんだぜ。親父さんに任せるよ」

「案外、楽しそうにあやしていたじゃねぇか。この際、養子にしたらどうだ」

本気か冗談かわからない話をしている二人のそばで、余一は百徳を見つめている。

お糸はなんだかたまらなくなり、その肩に手を置いた。

「ねえ、どうにかならないの。血のつながった父親の名前すらわからないなんて、あんまりにもかわいそうよ。おたえさんの持ち物の中に、何か手がかりになりそうなものはなかったの」

二階のお糸の布団の上では、孝太が何も知らずに眠っている。母が死んだことも知らず、父にいたってはどこの誰かすらわからない。大海に浮かぶ木の葉のような頼りなさを思ったら、目の奥が熱くなった。

「……たとえ親が人殺しでも、わからないよりましなんだよな」

不意に余一に見つめられ、昼間の言葉を思い出す。

――木の股から勝手に生まれる訳じゃあるまいし、生きていようと死んでいようと親は必ずいるんです。その親が誰かわからないなんて、己が何者かわからないってことでしょう。それくらいなら、たとえ親が人殺しでもはっきりさせたいと思うはずよ。

念を押すということは、何か手がかりがあるのだろうか。かげりを帯びた目を見返して、お糸はしっかりうなずいた。

「親が何者であれ、自分は自分だもの。親が誰かわからないより怖いことなんてないわ」

すると、余一は小さく微笑む。

「お糸ちゃんは強いな」

それから決心したように「はさみを貸してくれ」と言った。

「何をするの」

「おれの勘が当たっていれば、ここに大事なものがある」

余一が指さしたのは、百徳の背中の藍縞の部分だった。二寸（約六センチ）くらいの真四角で、他の色目とは明らかに異なっている。お糸がはさみを差し出すと、余一は器用にその部分だけ縫い目をほどいた。

「触ったとき、ここだけ厚みが違うと思ったら……やっぱりな」

袋状に縫われた端切れの中には、油紙に包まれた小さな書付が入っていた。広げてみると、孝太の命名書《めいめいしょ》である。

そこにはおたえの名の隣りに、「父　上野元黒門町　料理屋　加賀味《かがみ》　孝吉《こうきち》」ときれいな文字で記されていた。

六

百徳から出た命名書を見て、六助は「なるほどなぁ」とうなずいた。

「加賀味といや、前田様の御家来が足繁《あししげ》く通っているっていう加賀料理の店だろ。さては金沢へ修業に行った料理人が土地の娘に手を出したか」

ひとり決めする六助を睨んでから、お糸は疑問を口にした。

「おたえさんは、どうしてこんなわかりづらいところに命名書を入れておいたのかしら。余一さんだから気付いたけれど、普通の人は気付かないわよ」

これでは赤ん坊とはぐれた際、見つけ出す手立てがなくなってしまう。首をかしげたお糸に「わかってねぇなぁ」と六助が返す。

「命名書が隠してあるってこたぁ、おたえと孝吉の仲が道ならぬものだったからに決まってんだろ。案外、孝吉は江戸に女房がいたのかもしれねぇぞ」

「まさか、そんな」

「なに、世間じゃざらにある話よ。親父さんもそう思うだろ」

いきなり話を振られて、父は気まずそうに咳払いした。

「ま、まぁ、そういうこともあるだろうな。とにもかくにも父親はわかった訳だが……お糸、この先どうする」

案じるような声の響きに「どうするって」と聞き返す。父親の素性がわかった以上、やるべきことは決まっている。おたえの死を伝え、孝太を手渡すべきではないか。思ったままを口にしたら、父の顔が曇った。

「修業先で女に手を出し、孕ませたなんてことがわかれば、孝吉って男は加賀味を追い出されるかもしれん。そんなことになれば、こっちが逆恨みされかねねぇ。あとのことは俺たちに任せて、おまえはもう関わるな」

「馬鹿なことを言わないで。どうしてこんなことになったのか、事情を聞かせてもらわないと納得できないわ。あたしも加賀味について行くわよ。余一さん、いいわよね」

断固として言い切れば、「おれも手を引いたほうがいいと思う」と言われてしまった。

「お糸ちゃんの気持ちはわかるが、おれもおたえさんは騙されていたと思う。でなきゃ、赤ん坊を抱えてひとりで出てくるはずがねぇ」

親兄弟が認めていれば、女のひとり旅はしなかったろうと余一は言う。十中八九、二人の仲は秘めたもので、父《てて》なし子を産んだおたえは周囲に白い目で見られていたに違いないとも。

「加賀味にはおれが行って話をしてくる。だが、うまいことまとまるとは思えねぇ。実家に知らせてやったって、孝太を引き取ってくれるかどうか」

「そうさな。百万石の城下町とはいえ、日本中から人の集まる江戸とは違う。頭の固《かて》ぇ野郎も多いだろうからな」

言いにくそうな余一の言葉に六助も続く。父は何も言わなかったが、同感だと顔に書いてあった。

「もうちっと育っているならともかく、孝太はまだ赤ん坊だ。血のつながりを楯《たて》にとって無理やりおっつければ、面倒を見てもらえずに死んじまうかもしれねぇ。それくらいなら、気のいい里親を探したほうがましだろう」

勝手に納得し合う男たちのそばで、お糸は腹が煮えて仕方がなかった。だから、どうしてそうやって話を決めてかかるのか。女は男より弱いけれど、ものを見る目はちゃんとある。勝手な思い込みはせず、本当のところを見極めてから結論を出せばいいではないか。

「誰が何と言おうと、あたしは孝太ちゃんと一緒に加賀味について行きますからね。本人の知らないところで、一方的に話を進めないでちょうだい」

鼻息荒く断言すると、男たちが揃って肩をすくめた。

翌朝、お糸は孝太に百徳を着せ、余一とともに加賀味に向かった。加賀味のある下《した》谷《や》広小路は江戸でも有数の盛り場だ。屋台見世や床見世が路上に立ち並び、まだ四ツ(午前十時)前だというのにたいそうなにぎわいだった。

「おっかぁ、おっとぅ、早く早く」

「こら、勝手に行くんじゃない」

「これ、お待ちったら」

周囲の喧騒《けんそう》に興奮したのだろう。五つくらいの小さな子が親の言いつけを聞かずに走り出す。その後ろをまだ若い両親が苦笑しながら追いかける。しあわせそうなその姿にお糸はふと考えた。

傍目《はため》には、あたしと余一さんもあんなふうに見えるかしら。あと何年かしたら、本物の夫婦になれればいいのに――しあわせな物思いは余一のため息で破られた。

「世の中ってやつは不公平にできてやがる」

ごく小さな呟きを聞き、お糸はひそかに反省する。こんなときにあたしは何を考えているんだろう。不謹慎にもほどがあると自分で自分を責めたとき、

「どうやらここのようだ」

凝った造りの店の前で余一が足を止めた。あめ色に磨かれた格子戸の上には「加賀味」という年季の入った看板がかけてあった。

「すいやせん、こちらに孝吉さんというお人がいるはずですが」

出て来た女中にそう言うと、むこうの顔色が変わった。

「孝吉さんにいったい何のご用でしょう」

「本人にしかできねぇ大事な話があるんです。ぜひとも会わせてくだせぇ」

余一が頭を下げたので、お糸も慌ててそれに倣《なら》う。すると、女中はためらってから

「お待ちください」と言って下がった。

「孝吉さんにしかできないお話を主人が代わって承《うけたまわ》ると申しております。それでも

よろしいでしょうか」

戻って来た女中に言われ、お糸は内心驚いた。ひょっとして孝吉は性質《たち》のよくない遊び人で、女や借金取りがしばしば訪ねてきているのか。

しかし、そんな奉公人はすぐに暇を出されるはずだ。

「どうして本人に会わせてもらえねぇんでしょう」

「若旦那の孝吉さんは、昨年お亡くなりになったからです」

思いがけない返事にお糸は余一の顔を見る。ということは、加賀味の主人は孝太の祖父にあたる。

「では、旦那にお目にかかりやす」

二人が通されたのは、いかにも値の張る料理屋らしく贅をこらしたしつらえの座敷だった。違い棚には金蒔絵《まきえ》の香合《こうごう》が置かれ、色鮮やかな一輪挿しには清楚《せいそ》な夏椿が生けられている。こういうところで食事をしたら、いくらくらいかかるんだろう。落ち着かない思いでいると、五十半ばの恰幅《かっぷく》のいい男が襖《ふすま》を開けて入って来た。

「手前が加賀味の主人、孝三郎《こうざぶろう》でございます。倅《せがれ》、孝吉にどのような御用でございましょう」

加賀味の主人は座につくなり、そう切り出した。

「その前に孝吉さんがどうしてお亡くなりになったか、お聞かせ願いやせんか」

「去年の一月に大風があったでしょう。あの日、孝吉は亀戸《かめいど》天神へお詣りに行ってお りましてね。乗っていた屋根船が転覆したんです」

瓦版《かわらばん》にもなった出来事なのでお糸も覚えている。今までにない大風が正月明けの江戸を襲い、初卯《はつう》詣りの屋根船や猪牙船《ちょきぶね》が残らずひっくり返ってしまった。結果、冷たい川に投げ出されて数十名が命を落としたという。

「それはご愁傷様でございやす。さだめしお力をお落としでしょう」

我が子に先立たれた父親に余一は深く頭を下げる。だが、孝三郎は苛立《いらだ》たしげに膝を叩き、お糸と孝太のほうを見た。

「一年半も前のことだ。それより、あんたたちは何の用で来たんだい。まさかとは思うが、その赤ん坊が倅の子だと言い出すんじゃなかろうね」

言いたいことを先回りされ、うなずこうとしたお糸を余一が手で制した。

「旦那のほうからそうおっしゃるってことは、孝吉さんから何か聞いていなさるんですかい」

「いいや。だが、赤ん坊を抱いた女が腕っぷしの強そうな男と一緒に死んだ倅を訪ねて来たんだ。そういう用かと思うじゃないか」

「あ、あたしたちはそんなんじゃありませんっ」

強請《ゆすり》たかりのような言い方をされ、お糸の声が大きくなる。その声に驚いたのか、腕の中の孝太がぐずり出す。

「やだ、泣かないで。おねえちゃんが悪かったわ」

ひとりっ子のお糸は子守りなどしたことがない。慌てて孝太をなだめていると、怪訝そうに尋ねられる。

「おねえちゃんだって？　あんたの子じゃないのかい」

「この子の産みの母親は、あいにく昨日亡くなりました」

さすがに思いがけなかったのだろう。主人が目を見開いた。

「この子の母親はおたえさんと言って、はるばる金沢から赤ん坊を連れて江戸に出て来たんでさ。だが、長旅がよほどこたえたんでしょう。おれたちは行き倒れになったおたえさんの亡骸を見つけた縁で、ここへ訪ねてめぇりやした」

余一が事実を述べるにつれ、孝三郎の顔色が悪くなる。きっと思い当たる節《ふし》があるに違いない。

「確かに孝吉は一昨年、金沢の本家で修業をしていた。だが、その子が孝吉の子だっていう確かな証拠はあるのかい」

「ここに亡くなったおたえさんの道中手形と、赤ん坊のきものに縫い付けてあった命名書がありやす。お検めくだせぇ」

二枚の紙を差し出すと、相手は一瞥《いちべつ》してすぐに付き返した。

「こんな書付で信用するほど、加賀味は安い暖簾《のれん》じゃない。話がそれだけならお引き取り願いましょう」

木で鼻をくくったような態度を取られ、お糸の頭に血が昇る。

孫かもしれない赤ん坊の顔すら見ようともせず、身代狙いの騙《かた》りだと決めてかかるなんてあんまりだ。文句を言ってやろうとしたら、先に余一が立ちあがった。

「わかりやした。旦那がそういうおつもりなら、この子が二度と加賀味の敷居をまたぐこたぁありやせん。お糸ちゃん、帰ろう」

声こそ荒らげなかったものの、余一の全身からすさまじい怒りが感じられた。その迫力にお糸は呑まれ、かえって迷いが生じてしまった。

このまま孝太を連れて帰って本当にいいのだろうか。孝三郎が信じなくても、孝太は加賀味の血をひいている。それなのに「二度と敷居をまたがない」と勝手に言って許されるのか。お糸はためらい、孝三郎に近寄った。

「旦那さん、このきものを見てください。これは子供の無事な成長を祈って端切れでこさえる百徳というきものなんです。亡くなったおたえさんは、孝太ちゃんを本当に大事にしていたんですよ」

そして、百徳を着た赤ん坊の顔を主人に見せようとしたところ、あからさまに顔を背けられた。

「しらじらしい真似はやめておくれ。だいたいなんだい、その継ぎはぎだらけのみっともないきものは。仮にも加賀味の跡継ぎを騙るなら、もうちょっといいものを着せておいで」

嫌悪も露《あら》わに言い切られた刹那《せつな》、余一に腕を摑まれた。

「こんな血も涙もねぇ奴に人の真心なんぞわかるもんか。さぁ、帰《けぇ》るぜ」

「あの、うちは神田岩本町でだるまやって店をやってますから」

「余計なことを言うんじゃねぇ！」

めずらしく激高した余一に引きずられるようにしてお糸は加賀味を後にした。

七

「しかし、早《はえ》とこ孝太を引き取ってくれる夫婦を見つけねぇと。いつまでも六さんに手伝わせる訳にもいかねぇしな」

加賀味の主人と喧嘩別れをしてから五日が経った。昼飯の客がいなくなった店内で父がため息をつくと、隣りの六助がうなずく。

「この暑いのに赤ん坊を背負っているせいで、おれまであせもができちまったじゃねぇか。いったいどうしてくれるんだ」

「あら、余一さんが引き取るって言ったのに二人が反対したんじゃない。今さら泣き言を言わないでよ」

嫌味たらしくお糸が言えば、父と六助に嚙みつかれた。

「おめぇが手伝うなんて言い出すからだろう！」

「赤ん坊の面倒を見ながら、きものの始末ができるもんかっ」

二人の剣幕にお糸は天を仰《あお》ぐ。五日前、加賀味から戻った余一は「おれが孝太を引き取る」と言い出したのだ。

――二親の顔を知らねぇおれだって、ひとりもんの親方に育てられやした。人並みなことはしてやれなくても、食っていけるように仕込んでやることはできやす。

その言葉を聞いて、「あたしも手伝うわ」とお糸は言った。子育ての経験はないけれど、何事もひとりより二人のほうがいい。孝太だって父親代わりだけでなく、母親代わりも必要だろう。

ところが、父と六助が血相を変えて反対した。

――冗談じゃねぇ。そんなもん絶対認めねぇぞ。

――おめぇの仕事が滞《とどこお》れば、こっちはおまんまの食い上げだ。寝言は寝てからいいやがれ。

その結果、孝太の面倒は主に父と六助が見ることになったが、余一は毎日孝太の顔を見にやって来る。おたえと孝太には本当に申し訳ないけれど、お糸はこのところ胸が弾んで仕方がなかった。

余一は決まって客のいなくなった頃合いに現れる。もうそろそろかと思っていたら、

「ごめんください」と女の声がした。

「私は加賀味の内儀でお美乃《みの》と申します。先日は夫が失礼いたしました」

髪に白いものが目立つ上品な御新造は、だるまやの戸口の前で深々と頭を下げる。

思いがけない訪れにお糸たちが目を丸くしていると、お美乃の後ろから「どうしやした」という余一の声がした。

「それで、加賀味の御新造さんが何の用です。今頃になって孝太を孫だと認める気に

なったんですかい」

店に入って事情を知った余一は苛立ちも露わに突っかかる。父と六助が顔をこわばらせる前で、御新造は再び頭を下げた。

「お腹立ちはごもっともでございます。ですが、夫があのようなもの言いをしたのも理由《わけ》あってのことなのです。どうか私の話を聞いてくださいませ」

御新造はそう言って死んだ倅の話を始めた。

「料理屋には毎晩芸者衆が参ります。また、たったひとりの跡継ぎと甘やかしたのも悪かったのでしょう。二十歳を過ぎた頃から孝吉の女遊びはひどくなり、二十五になった一昨年、何とか立ち直ってもらおうと金沢の本家に修業へ出したのでございます」

それまで人に使われたことのなかった孝吉にとって、本家での修業はよほど骨身に沁みたらしい。一年経って戻ったときには、すっかり真面目になっていたという。

「これで加賀味も安泰《あんたい》だと夫ともども胸をなでおろしました。そして、しかるべき家のお嬢さんを嫁に迎えようと考えていた矢先に……孝吉は亡くなったのです」

一年半の時が流れても、息子の死を口にするのはつらいのだろう。うつむいた御新造に余一はつけつけと言った。

「ところが、倅の女遊びは収まってなんかいなかった。そうと知った旦那が腹を立てるのも無理はねぇ。そうおっしゃりてぇんですかい」

「はい」

「おめぇさんたちができ損ないの倅を金沢になぞやらなけりゃ、孝太は生まれず、おたえさんだって命を落とすことはなかったろうに。勝手なこと言うもんだぜ」

容赦のない言葉に御新造が青ざめる。苦渋に満ちたその顔を見て、お糸は黙っていられなくなった。

「余一さん、御新造さんを責めるのは筋違いでしょう」

思わずお美乃の肩を持てば、じろりと余一に睨まれる。すると、父と六助もこちらの味方についてくれた。

「せっかく訪ねてくださったのに、そう喧嘩腰じゃ話にならねぇ。なんだかんだ言ったところで、身内に引き取ってもらうのが一番なんだぞ」

「そうとも。まして加賀味は一流の料理屋だ。この先孝太は金の苦労をしないですむ。御新造さん、この子が孝太でさ。どうぞ抱いてやっておくんなさい」

六助が孝太を差し出すと、お美乃は小さな体を抱きしめ、目に涙を浮かべた。

「この目元、口元……孝吉の赤ん坊の頃にそっくりです。孝太、私がばばですよ。わかりますか」

やさしく話しかけられて、人見知りをしない孝太がきゃっきゃと笑う。その姿を間近に見てお糸は胸が熱くなったが、別れ際に孝三郎から言われた台詞がひっかかっていた。

——しらじらしい真似はやめておくれ。だいたいなんだい、その継ぎはぎだらけのみっともないきものは。仮にも加賀味の跡継ぎを騙るなら、もうちょっといいものを着せておいで。

孝三郎は最後まで孝太の顔を見ようとしなかった。あれから気持ちは変わったのかと恐る恐る尋ねれば、御新造が思い詰めた顔つきで余一を見た。

「お恥ずかしい話ですが、倅が亡くなってから二人ほど、『孝吉の子だ』という子供を連れて女の方が訪ねてきました。ところが調べてみると、すべて偽者だったものですから」

悄然《しょうぜん》と肩を落としてお美乃が呟く。道理で加賀味の主人が頭から疑ってかかったはずだ。

「ですが、この子は孝吉の子です。あの子を産んだ私にはそれがはっきりわかります。でも……夫は確かな証がないと」

「道中手形と命名書を突き返したのは、そっちの旦那だ。それ以上の証なんて、おれは持っちゃいませんよ」

間髪を容《い》れずに言い返されて、御新造の目から涙がこぼれる。その濡れた頰を孝太の小さな手が撫《な》でた。

「見ろよ。一人前にばあさんの涙をぬぐってやっているじゃねぇか」

「これが血のつながりってもんだろう」

薄情な余一を責めるように父と六助が言う。余一は眉間《みけん》にしわを寄せ、ため息をついてから孝太の百徳をお美乃に差し出した。

「孝太の命名書は、この藍染めの上田縞の端切れの中に縫い込んでありやした。藍染めの上田縞は江戸の若旦那たちが好んで着るもんだ。おれが思うに、こいつは孝吉さんにゆかりの品じゃありやせんか」

御新造はしばらくその端切れを見つめていたが、突然「ああ」と声を上げた。

「これは孝吉が金沢から戻ったときに着ていたきものの端切れです。ええ、間違いありません」

一転、頰を紅潮させた相手に六助が言いにくそうに言う。

「御新造さん、若旦那が着ていたきものなら、端切れなんざ取れないでしょう」

端切れはきものを仕立てるときに出るものだ。今着ているきものから取ることはできない。お糸もそう思ったとき、余一が言った。

「若旦那のきものの右の衿先が短くなっていやしたか」

「はい、おっしゃる通りです」

お美乃は興奮して何度もうなずく。だが、お糸はどういうことか呑み込めない。余一はそれを察したらしく百徳の背を指さした。

「衿の長さは左右同じに決まっているが、右の衿先が短くなっても傍目にはわからねぇ。きものを左前《ひだりまえ》に着ることはねぇからな」

そこまで言われてお糸はやっと理解した。二寸といえば、ほぼ衿幅と一緒である。孝吉はきものの衿先を切って、おたえに与えておいたのだ。だから、おたえはその中に命名書を隠しておいたのだろう。

「あの子が金沢から戻ったとき、脱いだきものの衿先が右だけ短かったんです。訳を聞いたら、『今にわかる』と笑っておりましたが……こういうことだったんですね」

御新造はあふれる涙を袖でぬぐい、孝太に詫びるように言った。

「この子のおっかさんには申し訳ないことをいたしました。でも、あの子は遊びで手を出して、捨てた訳じゃないんです。でなければ江戸に戻ってから、まるで人が変わったように真面目になるはずがありません。この子のおっかさんとの仲を認めて欲しい一心で仕事に励んでいたのでしょう」

すすり泣くようなお美乃の言葉がお糸の胸に沁みこんでいく。おたえは孝吉に騙された訳でも、捨てられた訳でもなかったのだ。今頃、あの世で惚れた男と手に手を取っているだろう。

「それじゃ、御新造さん。孝太は孝吉さんの忘れ形見として引き取っていただけるんですね」

「ええ、この百徳と孝吉のきものを見れば、夫も納得するでしょう」

「だったら、おたえさんは孝吉さんの墓に入れてやっておくんなせぇ。この通りお願いいたしやす」

そう言って余一が頭を下げると、御新造も慌てて頭を下げる。

「もちろんでございます。加賀味の嫁、孝太の母として丁重に弔わせていただきます」

そして、余一の顔色をうかがいながら懐紙に包んだ金を差し出した。

「お気を悪くされるかもしれませんが、心ばかりの御礼でございます。どうかお納めくださいまし」

意外にも余一はすんなり受け取り、御新造は百徳を着た孝太を抱いてだるまやを出て行った。あの調子ならきっと大事にしてもらえるだろう。お糸は胸をなでおろし、ふとおたえのことを思った。

ひょっとしたらおたえの急死は、あの世の孝吉に呼ばれたからではないか。雑木林で見た死顔は意外なくらいおだやかだった。きっと命がけで惚れた男の誘いをこばみきれず、三途《さんず》の川を渡ってしまったに違いない。

でなければ、大事な孝太を置いて死ねるものか。そんなことを思っていたら、六助の浮かれた声がした。

「その大きさ、その厚み……懐紙の中身は小判が三枚、いや五枚がとこはあると見た。今度のことじゃ俺もあせもができるくれぇ働いたんだ。きっちり分け前をいただくからな」

「何を言ってやがる。とっつぁんにやる金なんて一文もねぇよ」

余一はそっけなく言い返し、金をそのままお糸に渡した。

「あの坊主に渡してくれ」

なるほど、だから受け取ったのかとお糸は納得した。

雑木林で別れてから達平とは会っていない。理不尽な怒りをぶつけられ、あの子が恐ろしくなった。

けれど、余一は何事もなかったように金を差し出す。たぶん自分からでは達平が受け取りにくいと思ったのだろう。そのやさしさを金と一緒に届ければ、頑《かたく》なな子供の心も解きほぐされるに違いない。

文句を言う六助を尻目にその金を押しいただけば、なぜか余一が目をそらす。そのとき、お糸は前に言われたことを思い出した。

――男のすべてが、お糸ちゃんのおとっつぁんのように実のある人とは限らねぇ。面白半分で女に手を出し、捨てる男はいくらでもいる。

もしかしたら、余一の母は男に騙され、生まれた我が子を捨てたのだろうか。だとしたら、それがどんなにつらいことか、お糸にだって想像はつく。この子さえいなければ、この子のせいで人生が狂ったと恨めしく思ったに違いない。

それでも、この人がいてくれてよかったと心の底から思ってしまう。おかげで、孝太は実の祖父母に引き取ってもらうことができた。達平は罪に問われることなく、母親の薬代を手に入れられた。

いつもしかめっ面をして、他人と関わりたがらない。けれど一旦関われば、損得抜きでとことん手を貸す。そういう人をこの世に送り出してくれて本当にありがとう。

余一がこの世にいなければ、あたしは恋というものを一生知らずにいただろう。思いの届かぬ苦しさに恨めしく思ったこともある。いっそきっぱり思い切れたら、楽になれるとすら思った。

だが、余一がいなければよかったと思ったことは一度もない。

どんな小さな端切れだってつないでいけば大きくなり、果ては一枚のきものになる。この思いをつなげていけば、余一の心に開いた穴もきっとふさげるに違いない。

思う男を見つめながら、お糸は我が身に言い聞かせた。

付録　主な着物柄

手毬《てまり》柄

遊び道具の手毬を模様にした柄。魔除けや色の華やかさや愛らしい形が好まれ、特に子供のきものや染め帯に多く使われる。

流水柄

流れる水を文様化した、日本の伝統的な模様。水は古きより聖なるものとして多くの柄とされた。

子持ち菱《ひし》格子

大きな菱の左右に小さい菱がある模様。

棒縞《ぼうじま》

縦縞のひとつ。地糸と縞糸が同じ太さの太い縦縞の縞文様。牛蒡《ごぼう》の様子に似ていることから牛蒡縞とも呼ばれる。

唐子《からこ》

人物文様のひとつ。唐子の遊ぶ姿を文様化したもの。唐子は、中国服を着て、髪の毛を頭の中央と左右に少し残して他を剃《そ》り落とした髪型、つまり「唐子髷《まげ》」をした童子をいう。

翁《おきな》格子

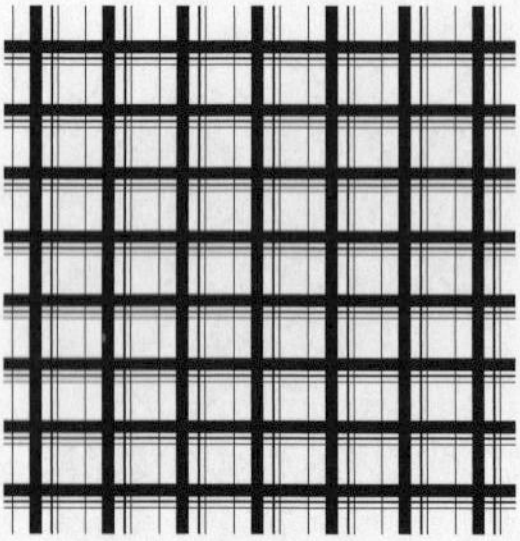

格子縞のひとつ。太い格子の中に、さらに多くの細かい格子を表したもの。

唐《から》草《くさ》牡《ぼ》丹《たん》

唐草に牡丹の花と葉を配した模様をいう。つる草が波状または四方に伸びているような曲線文様。

ねじり梅

梅の花弁を文様化したもの。きもの以外にも家紋や陶器の文様として広く使われる。ひねり梅とも呼ばれる。

青《せい》海《がい》波《は》

祝い事に舞われる雅楽の「青海波」の衣装の模様に用いられたことからこの名がついたといわれる吉祥模様。江戸中期の塗師《ぬし》青海勘七が特殊な刷毛《はけ》を用いて「青海波塗」を創始して流行した。

よろけ縞

波状の曲線の縞のこと。よろけたように表された縞のことをいう。

むじな菊

菊の花を文様化した柄。花びらが幾重にも重なり広がる模様。その様子が、動物の狢《むじな》の毛並みに似ていることから、この名になったといわれる。

雪輪紋

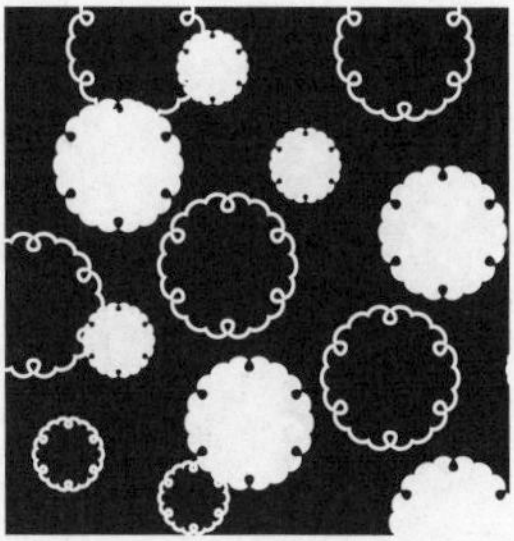

六角形結晶を基調にしたものを雪紋、古鏡に似た形を雪輪紋という。古来より厳しく冷える冬は、豊年の兆候としたことから発祥したといわれる。

本書は時代小説文庫（ハルキ文庫）の書き下ろし作品です。

時代小説文庫
な 10-2

藍《あい》の糸《いと》 着物始末暦《きものしまつごよみ》㊁

著者 中島《なかじま》 要《かなめ》

2013年7月18日第 一 刷発行
2016年4月18日第十一刷発行

発行者 角川春樹

発行所 株式会社 角川春樹事務所
〒102-0074 東京都千代田区九段南2-1-30 イタリア文化会館

電話 03(3263)5247[編集] 03(3263)5881[営業]

印刷・製本 中央精版印刷株式会社

フォーマット・デザイン＆シンボルマーク 芦澤泰偉

ISBN978-4-7584-3758-5 C0193

http://www.kadokawaharuki.co.jp/[営業]
fanmail@kadokawaharuki.co.jp[編集] ご意見・ご感想をお寄せください。